Heimat einst und jetzt

ÖSTERREICH

VERBAND GEISTIG SCHAFFENDER UND ÖSTERR. AUTOREN

Druck: MANZ, 1050 Wien
ISBN 3-214-00091-8
Abbildungen von:
Prof. Rudolf V. Karl (Zeichnungen)
Liane Presich-Petuelli (Scherenschnitt – Verkleinerungen)
Printed in Austria – Imprimé en Autriche
Umschlaggestaltung Erhard W. Knoll

Zu diesem Buch

Wir freuen uns, daß es auch in diesem Jahr möglich war, eine Anthologie aufzulegen. Wir hatten diesmal als Thema „Österreich – alte und neue Heimat" gewählt, da wir dachten, daß zu diesem Begriff wohl jeder Mensch etwas zu sagen hat.

Der Begriff Heimat hat in den letzten Jahrzehnten sehr gelitten und wird – völlig unbegreiflich für jeden normal denkenden Menschen – noch immer verteufelt. Nun hat ja wohl jeder eine Heimat, der er zugehört. Und durch die Menschenverschiebungen im und nach dem Krieg mußten viele Menschen ihren bis dahin als selbstverständlich angenommenen Lebensraum verlassen und oft unter heute unvorstellbaren Entbehrungen und Ängsten anderswo ihre Wurzeln schlagen.

Nun hat gerade Österreich bewiesen, daß es jenen, die aus welchen Gründen auch immer ihre Heimat verlassen mußten, zu neuem Standort wie man heute sagen würde, verholfen hat – sie haben hier wieder ein menschenwürdiges Dasein gefunden.

Unser getreuer Mitarbeiter Erhard Knoll hat für ein dem Thema entgegenkommendes, beachtliches Umschlagbild gesorgt. Nora Gray hat sich als Lektorin bemüht und ich kann ihnen nur für ihre selbstlose Arbeit danken.

So hoffen wir, daß unseren Lesern diese Anthologie: Österreich, alte und neue Heimat, manche Erinnerungen ins Gedächtnis rufen und sie zum Nachdenken oder zur Zustimmung anregen wird.

Dies wünscht für dieses Buch Ihre

Lucy Ludikar

Präsidentin des Verbandes Geistig Schaffender
und Österreichischer Autoren

Wien, Herbst 1998

AUTORENVERZEICHNIS

Friederike Amort

Eisenstraße

Da
wo das Leben
noch lebenswert ist
inmitten
von grünen Hügeln
ewigen Bergen
wo einst
die Hämmer schlugen
die Mühlen gingen
die Schmieden werkten
führt das verbindende Band
einer Straße
über die offenen Grenzen

von Land zu Land
von Berg zu Berg
von Dorf zu Dorf
von Hand zu Hand…

Tausend Jahre…

Geboren und gereift,
geformt durch
das Land
und sein Volk,
stehen wir
im Leben,
in tausendjähriger
Geschichte
und in dem Gut,
was für uns
das Salz
der Erde ist!

Sinnliche Verbundenheit

Mit
treuen Wurzeln
atme ich den Duft
der Wälder,
nähre ich mich
vom Geruch
der Erde,
labe mich
an den Quellen,
esse das Brot
der Äcker
trinke den Wein
der Hügel,
schaue das Weite,
höre das Echo
der Berge,
spüre das Blut
der Heimat...

verbleibe
auf immer
im Dank...

Ein Landstrich

Zwischen dem Ennstal,
der grünen Salza,
Eisenwurzen und Mostviertel
ist meine Heimat...

Verbunden und geborgen
bin ich ein Kind der Mitte.

Alois Andrä

Der Klosterraub oder Die Himmelsstürmer von Leibnitz

In den Septemberwochen des Jahres 1939 glich der Leibnitzer Sportplatz einem Heerlager und die Mannschaften konnten nicht trainieren. Was war geschehen? Ein wildes Hochwasser der Sulm und gleichzeitig der Laßnitz überschwemmte weite Teile des Stadtgebietes, doch die Aufräumungsarbeiten der SA, der SS, des NSKK und des RAD haben gegriffen. Es war erstaunlich zu sehen, mit welcher Präzision und Einsatzfreudigkeit die einzelnen Formationen am Werk waren. Die Durchführung einer Kommandosache lag den Männern, das mußte man ihnen lassen. Das Hochwasser wartete auch nicht lange und drang bis hinauf zum Kloster vor, wo die Kapuzinerpatres in helle Aufregung gerieten und versuchten, sich selbst und das Wenige, das sie noch hatten, in Sicherheit zu bringen.

Die alten Klostermauern hatten schon viele Hochwässer gesehen und auch die Patres, so würde auch noch dieser Kelch an ihnen vorübergehen, noch dazu, wo sich ein ganzes Heer von Parteisoldaten den Fluten entgegenstellte. Der gewohnte Alltag würde in das Kloster wieder einkehren können, sollte man noch meinen, mit Frühmessen und Gebeten oder auch mit Arbeiten in der nahen Gärtnerei, und dies alles könnte dann noch lange Zeit so weitergehen. Dem aber war nicht so.

Schon im Frühjahr des nächsten Jahres würden Männer vom Reichskultusministerium in die Sakristei kommen und den frommen Patres mitteilen, daß sie das Kloster noch heute verlassen müßten. Die Patres aber würden sich ihrem Schicksal fügen und Gott loben und Gott preisen, denn der Wille des Herrn hätte zu geschehen, jetzt und zu allen Zeiten.

Dann würden Himmelsstürmer kommen und bis in das Dormitorium der ehrwürdigen Patres vordringen und alles, was nicht niet- und nagelfest wäre, auf die Straße schmeißen. Und der Schutzmann an der Ecke würde stehenbleiben und zuschauen. Die Tücher würden diese Leute zusammenraffen und mit nach Hause nehmen, doch der Schutzmann an der Ecke würde sich umdrehen und weitergehen. Auch das schöne Gemälde mit dem jungen Mann und noch andere Bilder würden sie noch mitnehmen und an ihre Haustür nageln, gleich neben dem großen Hitlerbild. Die Männer vom Reichskultusministerium aber würden nun zufrieden sein und sie würden sich beim Vorgesetzten melden, und das mit den paar Zigeunern im Kreis würde sich auch noch machen lassen, das wäre doch gelacht. Ja, und der Hitlerjunge im Haus würde mit dem Mädchen von nebenan noch Brandwache schieben und zwischendurch in die leeren Winkel pissen, und das Mädchen würde seine Wäsche an die Leine hängen und barfuß nach Hause gehen. Dies alles aber haben die ehrwürdigen Patres noch nicht wissen können.

Als das Hochwasser vorüber war, wurde das Heerlager auf dem Sportplatz wieder aufgelassen, und die Abteilungen der SA, der SS, des NSKK und des RAD rückten in ihre Kasernen ein. Es war erstaunlich zu sehen, mit welcher Präzision und Einsatzfreudigkeit die einzelnen Formationen am Werk waren. Die Durchführung einer Kommandosache lag den Männern, das mußte man ihnen lassen. Die Sportler freuten sich und konnten ihre Übungen wiederaufnehmen. Auch die Kapuzinerpatres konnten ihr gewohntes Klosterleben noch fortführen, aber nicht mehr lange.

Österreich (Hymne)

Vaterland voll Stolz wir sagen
rühmen wir dich Österreich
Rot-Weiß-Rot sei unsere Hoffnung
einer starken Liebe gleich
Niemand mag in unserem Kreise
dieses schöne Land entzwein
schließen nach der Heimat Weise
alle wir das Herz mit ein

Vaterland voll Stolz wir sagen
rühmen wir dich Österreich
Rot-Weiß-Rot sei unser Glaube
einer starken Festung gleich
Niemand mag aus fremden Gauen
dieses schöne Land bedrohn
wollen wir auf dich vertrauen
Österreich, wir kommen schon

Vaterland voll Stolz wir sagen
rühmen wir dich Österreich
Rot-Weiß-Rot sei unsere Zukunft
einem starken Manne gleich
Wollen wir dir freudig schwören
treu zu sein, so helf uns Gott
Österreich, auf dich wir hören
Österreich, mein Rot-Weiß-Rot

Armes Tirol

erst Welschtirol in Saint Germain
hoch her vom Kaiser verspielt und
noch mehr deine Berge deine Täler
deine Lüfte tirolisch nicht mehr
am Tisch verspielt schon vor dem
Krieg und nachher nur Provinz noch
nicht mehr Bolzano aber schau her
dein Volk liebt dich sehr nur ein
Denkmal steht am gewonnenen Platz.

dann Deutschtirol in Charlesmagne
hoch her vom Kanzler verkauft und
noch mehr deine Berge deine Täler
deine Lüfte tirolisch nicht mehr
am Tisch verkauft gleich nach dem
Krieg und vorher nur Provinz noch
nicht mehr Wohnsitz aber schau her
dein Volk liebt dich sehr nur ein
Mercedes steht am erworbenen Platz.

Denkmal und Mercedes aber nicht mehr.

mara bena

heimat

leicht
wie der duft der linden
streicht mir
der atem der kindheit
über die haut

voll
wie das rauschen der ähren
klingt mir
das lied des reifens
im ohr

fest
wie die wurzeln der pflanzen im boden
ist meine seele verankert
in dir
erde der heimat

ringsum ist tiefe

der blick
kann wandern

ringsum
so weit das auge reicht
ist tiefe
klarheit

fern
schimmern berge
blau am horizont

sie grenzen ein
was in mir
heimat ist

durch nichts eingeengte weite

in meine ersten träume
rauschten keine wälder
warfen keine bergesgipfel
kühle schatten

der wind
der über die ebene strich
ließ die reifen ähren
zittern
wehte
den duft der linden
mir zu

weite
durch nichts eingeengt
schenkte den gedanken raum
und tiefe

kornkammer österreichs

über
dem gepflügten boden

über
den blühenden wiesen

über
den wogenden ähren

über
den erntereifen feldern

über
den duftenden gärten

liegt
der hauch des schöpfers

gesegnetes land

sommer in marchfeld

gelb
leuchtet das korn
der reife
entgegen

zwischen
den halmen
behaupten wildkräuter
ihren platz

und prägen
mit bunten farben
das bild des
sommers

erntezeit

in der ebene
weithin sichtbar
leuchten riesige strohballen
gelb in der aufgehenden sonne

war das abgeerntete feld gar
der nächtliche spielplatz
außerirdischer
giganten

die kurzen stoppeln bewahren
ihr geheimnis

fruchtbarer boden

wer
ganz still
vor einem acker
steht
kann
die erde
atmen
hören

daheim

ist heimat dort
wo ich geboren wurde
wo ich die ersten schritte wagte
und die ersten wörter lallte

man kennt mich kaum noch
in dem dorf
in dem ich aufwuchs

in meinem elternhause
wohnen jetzt
fremde leute

die alte schule
wurde abgerissen

nur die kirche
nimmt mich auf
in ruhiger vertrautheit

hier kann ich
in der stille
geborgenheit noch finden

ich bin
daheim

. stellte die Frage in den Raum, ob Heimat nicht eng zusammenhängt mit ıen, die wir lieben. Enkelin Silvia, ihr Nesthäkchen war es, die sofort und Halse zustimmte. Mir ist völlig egal, wo ich lebe - Pause - wenn nur Walter h denke wirklich, Heimat kann nur dort sein, wo man ... (Wie lange sind etzt verheiratet? dachte Veronika).

sehe ich das nicht, unterbrach Mario, der italienische Schwiegersohn. - uckte zusammen. Sie wußte, zwischen ihrer Tochter und deren Mann seit einiger Zeit nicht mehr. Sollte sie ...

ı schrill unterbrach ihn Gertraud. - Ihrem Mann das Wort abschneiden, ie bereits eine gewisse Perfektion, stellte Veronika besorgt fest. - Ist ja lar, wenn man die Familie los sein will. Da kann von Heimat keine Rede .. Erschrocken hielt sie inne. Hatte sie ihren Mann nur provozieren wollen? s da schon Konkreteres?

ı spürte, wie die Hilflosigkeit sie zusammenschnürte. Was hatte sie sich da ngen. Eine Diskussion vom Zaun zu brechen! Das war mit ihrer Familie ɔn schwierig gewesen. Zu unterschiedlich sind die einzelnen Mitglieder. gar an ihr? Bei den ohnedies seltenen Treffen hatte sie doch immer wieder ie alle mögen gefälligst die kurze Zeit des Beisammenseins um eine tmosphäre bemüht sein!

e es jetzt überdachte: Für sie wäre es wichtig gewesen, jetzt und hier - zu vie sie selber diesen magischen Begriff einstufte. Die Geschwister, die wäre nicht uninteressant. Aber - mehr auch nicht.

:hön egoistisch, geht es Veronika durch den Kopf. Ob das etwas mit Zukunft zu tun haben könnte?

im hohen Alter, wo ist die noch zu finden? Wenn man sie nicht längst (im ıeren?) gefunden hatte?

: ungerecht, rief sie sich zur Ordnung. Du hast sie noch alle! Und sie wollen zende, klagende, jammernde Oldie. - Zur Uroma hatten sie sie noch immer acht - die heutigen Jungen müssen erst an ihre Karriere, das eigene , die Finanzsicherheit denken, dann erst kann man vielleicht ...

ɔ brutal haben sie ihr das nicht erklärt. Aber die fein gesponnenen Er- hatten im Klartext genau das bedeutet. So hatten sie ihr - wer nur war es als ·ses liebevoll sein sollende „Oldie" verpaßt.

as Kopf wirbelte. Das Mühlrad, das sie jetzt so oft spürte, es dreht sich. Tief ɔürte sie, wie wichtig ihr plötzlich dieser Begriff Heimat war. Kinderzeit, mit hwierigen aber auch traumhaft schönen Bildern, das war vielleicht jetzt die ıat. Wo war ihre neue? Was um Himmels willen konnte sie als neue Heimat Ihr war, als ob das plötzlich eine gravierende Entscheidungs-, eine lebens- rüfungsfrage wäre. Hier in diesem (tauchte das Wörtchen „schrecklich" auf?) iesem schrecklichen Riesenhaus. Mit all seiner Unpersönlichkeit, mit seiner rzlosigkeit. Mit der vielfach auch die Insassen miteinander umgingen. Das „neue" Heimat sein. Veronika hörte den Verwalter, wie er ihr die neue ımackhaft hatte machen wollen, wie er ihr alles in rosigsten Farben t hatte. Wie er betonte, sie würde hier sehr bald nicht nur ein neues

Willi Egon Becher

Erinnerungen an Wien - Ein Fremder in Wien

Ich traf ihn, den Amtsrat aus Wien, im Prater. Er erzählt mir, mit Wiener Charme und einschmeichelndem Dialekt, aus seinem Leben und der geliebten Heimat WIEN. Mit einem Lächeln eröffnete er mir, daß er im Amt keinen „festen, eigenen Schreibtisch" hätte. Da er oft, amtswegen, unterwegs wäre.

Wir kamen dann an die Bude mit dem „Chane" - Wiener-Kasperl-Marionetten-Puppe – heran, die mit Bauchredner-Stimme die Passanten lustig ansprach und sich, an den Fäden, gelenk bewegte.

In einem anderen Zelt vergnügten sich die Leute durch Gucklöcher an den Filmen schöner entblößter Frauen.

Die schrillen Orgeltöne der vielen Etablissements klangen in den Ohren überlaut.

Daraufhin saßen wir beim „Heurigen" und Stelze, inmitten der fröhlichen und singenden Wiener Gäste und schunkelten mit unseren Nachbarn. Mein Freund sang mit Wiener Charme: „Wien, Wien, nur du allein ...," „Im Prater blühn wieder die Bäume...," „Nino, lach mir noch einmal zu..." Um uns die blühenden Prater-Bäume. Die Stimmung war ganz groß! Im Hintergrund erhob sich das Riesenrad mit seinen eisenbahngroßen Waggon-Gondeln. Natürlich stiegen wir auch dort mit ein. Mit pausenhaften Unterbrechungen genossen wir die Aussicht, die „Wiener-Stadt", den „Steffl", „Karlskirche", „Rathaus", „Belvedere", „Oper", „Schloß Schönbrunn".

Am Abend gingen wir noch in ein typisches „Wiener Kaffeehaus". Der Kellner scharwenzelte mit einer Grazie durch den Raum und wedelte dabei mit seiner Serviette in der Luft herum. Mit „Gnä Frau", „Herr Amtsrat", „bitte gleich" und „bitte sofort" und anderen Liebenswürdigkeiten überschüttete er uns und die anderen Kaffeehaus-Gäste. Er sprach von: „Kaffee verkehrt", „Schlag-Obers", „Einen Braunen", „Kipferln", „Einspänner" und anderen „Wiener Spezialitäten".

Im Nebenraum stand der Fernseher, für Gäste, die das Tagesgeschehen und sicher auch Liebesfilme, Krimis und dergleichen ansehen wollten.

In einer Ecke des Cafés saßen Männer beim Kartenspiel. Eine Schreiberin dabei. Die sich wahrscheinlich ihren Kaffeehaus-Gang damit verdiente. An der Wand hingen viele Zeitungen und Illustrierte, die jedem Gast zugänglich waren. Denn der WIENER verbringt ja seine Freizeit in seinem geliebten „Kaffeehaus" und nicht daheim in seiner Wohnung. Der Klavierspieler griff in seine Tasten, als würde er den Frühling höchstpersönlich herbeizaubern wollen. Sein schmachtender Gesang überzeugte auch den entferntesten „Nicht-Wiener" davon, daß WIEN doch die beliebteste „Walzer-Stadt" ist!

Nun kam ich mit meinem Wiener Amtsrat ins „Philosophieren", da ich als praktischer Psychologe daran interessiert war. Mein Gegenüber hörte mir auch gleich aufmerksam zu. Denn über Gott und die Welt spricht man heute in allen Kreisen gern.

Ich fing an zu erzählen: 1990 war ich zur Kur mit meiner Frau im „Hotel Esplanada" im Kurzentrum im Helenental, vis-à-vis dem Thermal-Strandbad „Baden bei Wien". Herrliche Waldwanderungen konnten wir dort unternehmen. Die Schwefel-Thermal-

Badekur, Piestany-Schlamm und Spezialmassagen unter Wasser, taten uns gut. Der Masseur und Bade-Meister „Hansi" holte uns schon in aller Frühe, um 5 Uhr, telefonisch aus den Betten. Er erlaubte sich auch den Scherz, mich in eine Ecke des Schwimmbeckens zu locken. Wo ich als Nichtschwimmer zu ertrinken drohte. Im Speisesaal wurden wir dann wieder entschädigt, durch das „Abendbrot-Büffet", mit üppigen und auserlesenen Speisen, lichtem Restaurant, freundlichen Zimmern und schöner Fensteraussicht. Die liebenswürdigen Serviererinnen machten uns den Aufenthalt zur echten Erholung. Die Getränkeflaschen konnten wir, mit der Namensaufschrift, immer wieder zurückstellen lassen für die nächsten Tage. Der „Wiener Charme" war im ganzen Hotel zu spüren.

Unser lieber Amtsrat führte uns auch, mit dem Auto, zu den Sehenswürdigkeiten von Wien: „Kunsthistorisches Museum", „Stephansdom", „Rathaus", „Oper", „Schönbrunn" und viele Prachtbauten von Wien. Dann waren wir im „Rosengarten", „Sievering", „Lobau" und an mehreren lauschigen Platzerln um Wien herum.

Nun lud mich mein Wiener Freund zu sich nach Hause ein. Seine Tochter Melany hatte ihren 9. Geburtstag. Alle Verwandten wurden dazu eingeladen. Natürlich auch die Freundinnen des Geburtstags-Kindes. Fröhlich spielten die Kinder im Garten Fangen, Ball und andere Spiele. Jeder wollte auf die nahegelegene Schaukel. Es war ein gelungener, sonniger Sommertag. Wir Erwachsenen aßen dann, mit den Kindern zusammen, von den reichlich aufgedeckten Torten und prosteten uns, mit dem edlem Wein der „Wiener Reben", gegenseitig freundlich zu.

Zum Höhepunkt der Feier spielten die halbwüchsigen Kinder Klavier, Geige, Gitarre und Flöte. Eine schöne Partie. Als krönender Abschluß erklärte sich eine Musik-Hochschülerin bereit, mit Gesang von Schubert die Feier zu umrahmen. Ihre erlesenen Töne ließen die werdende große Begabung der Gesangs-Kunst deutlich erkennen.

Das Gespräch untereinander ging jetzt lange weiter. Die entzückende junge Hausfrau und ihr arbeitsamer Mann erfreuten uns Gäste mit immer mehr kulinarischen Genüssen.

Natürlich, hätten wir, mein lieber Wiener Freund, das Gespräch noch gerne länger weitergeführt. Aber der Abend war nahe - - -.

Nur um eines bat mich mein Gesprächspartner, ich sollte ihm noch ein Gedicht meines Dichter-Vaters; *William BECHER*, aufschreiben:

Wie bin ich so müde
und schlösse die Fenster gern,
doch: Sommers Atem wehe herein
und segne den Schlaf

Oh du Bogen der Nacht,
gotisch gewölbt ! Gesänge, süß,
tragen hinüber die ewige Pein,
du menschliches Herz !

Hemma Bertram

Geburtstag im Altenheim

Also waren sie doch alle gekommen - die Kinder mit
Brüder mit den Schwägerinnen und die Schwester. Noch
Trotzdem, Veronika Lagler, Witwe nach dem Hofrat Dr. W
gebraucht, bis sie sich zu der Einladung durchgerunge
halbrunden Geburtstag überhaupt noch feiern? Hier im Al
wußte es genau - keiner gerne kam.

Diese Einladung hatte sie nur an die engsten Verwand
artige Scheu hinderte sie daran, ihre Freunde (Gott sei Da
wenn auch nur noch wenige) mit ihren Verwandten zu mis
Male gefragt, warum das so war - es hatte sich seit langen
Grunde wollte sie gar keine Antwort finden.

Auf der Einladung für ihre Lieben (wie abgegriffen dies
einen Programmpunkt eingebaut „Was ist mir oder wo
sollten dazu Überlegungen anstellen. Sie wollte hören,
(Immer noch ganz schön dominant, die alte Dame, würde i

In letzter Zeit war ihr gerade dieser Begriff von ganz w
mit dem Alter zusammenhing? Veronika kam sich hier oft s
aber auch ohne jegliche Zukunft. Sicherlich, was konnte
warten? Im Altenheim! - Ob das die Atmosphäre hier ausr
nicht gedacht, daß es so schwer werden könnte.

Manchmal, wenn sie in Erinnerungen kramte, in der Z
spazierenging, an so manche Träume, so manche Wünsc
blitzartig - das war es: Heimat. Das Bild - kleines, dann
Zukunft. Wie ernst war ihr damals das alles gewesen. Zu
Beruf - Ärztin in einem Entwicklungsland, an der Seite
aufgehend in der anstrengenden aber sie beide höchst er
dazusein". Eine immer wiederkehrende Traumvorstell
kleinen unscheinbaren Mädchens, das sich die Zukunft ma

Veronikas Gedanken waren weggedriftet. Nach de
Händedrücken, Küßchen rechte Wange, Küßchen linke
für alles! - stimmte Robert das in der Familie übliche „Ha
(auch das schon Tradition) zu tief und zu laut. Keine de
Stimme. Gehört mit zur Familientradition. Ist das ein
fragte sich das im stillen.

Sicherlich, diese Familienrituale entbehren nicht einer
zu oft gab es, als die Kinder noch klein waren, zu solch
Lachanfälle, die nicht immer in reinster Harmonie auskl
auch (vor sich hinlächelnd dachte Veronika) erhebend. W
erleben können.

Verc
den Me
aus vol
dabei is
die beic
Gan
Veronil
stimmte
Etwa
darin h
ohnedi
mehr se
Oder ga
Vero
nur ang
immer
Oder la
verlang
friedlich
Wen
erfahre
Kinder -
Ganz
spärlich
Heim
eigenen
Sei n
keine ra
nicht ge
Vergnüg
Nein,
klärunge
erster? -
Vero
innerlich
all ihren
„alte" He
vorzeige
wichtige
- hier in
kühlen
sollte ih
Bleibe s
geschild

Zuhause, sondern eine neue Heimat finden!

Und bald darauf die eigene Erkenntnis: Das kann es doch nicht sein. Wo sind hier die Menschen, die einem Heimat sein könnten? Aber auch: Kann ich hier jemandem...?

Müde ermahnte sie sich: Reiß dich zusammen, du hast die Familie zu diesem Fest geladen, mach es ihnen nicht zu einem Alptraum.

Der Bruder Robert, ihr lieber kleiner Bruder, - er stand plötzlich hinter ihr, legte seine große feste Hand auf ihre Schulter. Veronika, was ist denn? Der warme Baß brachte sie wieder zu sich. Was war denn gewesen? Ja richtig, der Zwist zwischen Gertraud und Mario - sie waren also einander keine Heimat. Sie hatte so sehr gehofft, von all den Versammelten hier zu hören, daß sie ...

Veronika wischte sich über die schweißnasse Stirn, über die Augen, die plötzlich tränennaß blitzten.

Wie schwierig es doch ist, Klarheit darüber zu erhalten, ob ein Altenheim eine Heimat sein kann oder nicht.

Tagträumen

Den Kuli weglegen
genüßlich den Duft
des Tees einatmen und
nach der Tasse greifen.

Die Uhr vergessen
ins Nichts träumen
und traumverloren
Gesichter abtasten.

Auf leichten Wolken
der Welt
ein Weilchen
ein Schnippchen
schlagen.

Helga Blaschke-Pál

Das Geburtshaus

Eine Bahnfahrt im Frühjahr: Nicht nur die Landschaft, die Fluren leben neu auf. Auch die Menschen. In den Wohngebieten überall Bautätigkeiten: Hier wird ein neuer Dachstuhl gezimmert, dort ein Erker angebaut, Fassaden erhalten ein neues, frisches Gesicht.

Auch mein Gegenüber im Abteil beobachtet die vorbeifliegende Gegend. Ob ich wüßte, was ein Haus wäre, fragte mich die Mitreisende. Aber noch ehe ich mir - erstaunt über die merkwürdige Frage - eine Definition dieses Begriffes zurechtlegen konnte, kam schon die nächste Frage. Meine Gesprächspartnerin erwartete offenbar gar keine Antwort, es schienen rhetorische Fragen zu sein in einem einzigen Monolog.

„Kennen Sie das 'Alte Haus von Rocky Docky', den musikalischen Hit, der oft im Rundfunk zu hören ist?

Da ist von einem alten Haus die Rede, das einst bessere Zeiten gesehen. Jetzt verlassen, sich selbst überlassen, aber nicht allein. In ihm hausen nächtliche Gespenster. Sie trauern und klagen. Es stöhnt und ächzt in den Gängen und Räumen. Wer einmal darinnen wohnt, kommt nicht mehr hinaus, denn dieses Haus hat keine Türen. Wer also in diesem Hause weilt, ist gefangen in seinen Erinnerungen, kommt nicht mehr los von den Bildern der Vergangenheit. Das Haus aber ist dem Verfall preisgegeben, sein Verputz fällt ab, die baufälligen Mauern zittern und schwanken. Es steht scheinbar vor dem Zusammenbruch. Doch plötzlich tritt der Erzähler im Lied in der letzten Strophe ganz persönlich auf. Seine bestimmten Worte klingen wie Hammerschläge, die ein Haus aufrichten könnten: 'Ich werde kommen und darin wohnen!' Der Erzähler im Lied hat dieses Haus, seine eigentliche Welt, einmal verlassen. Freiwillig aus Fernweh, aus Abenteuerlust oder unfreiwillig auf der Flucht, als Vertriebener. Jetzt aber will, jetzt kommt er zurück nach langer Wanderschaft. Und in diesen entscheidenden Worten klingt die große Wende für dieses Haus mit. Wenn er kommt und darin wohnt und vor dem Kaminfeuer seine Erinnerungen lebendig werden, dann wird dieses Haus wieder erstrahlen im alten Glanz."

„Wissen Sie jetzt, was ein Haus ist?" Mein Gegenüber wiederholte die Frage wie einen Kontrapunkt. Ja, jetzt wußte ich es: Ein Haus ist die Kette der Generationen, die Ahnen, die Familie, die Eltern, die Erinnerung, die Jugendzeit. Ein Haus ist voll von Bildern erlebter Vergangenheit, ein Haus ist Heimat.

Aber warum erzählen Sie mir das alles, fragte ich nun meinerseits.

„Ich wollte Sie auf eine andere, ungewöhnliche Geschichte einstimmen, aber vorher noch etwas." Und sie begann zu erzählen:

In Schweden lebte ein junges, begabtes Mädchen mit seinen Eltern in einem stattlichen Herrenhaus. Sie wurde Lehrerin aus Neigung und Liebe zur Jugend und zur Sprache. Als ihr dichterisches Talent entdeckt wurde, erhielt sie von Staats wegen den Auftrag, ein Buch für die Schuljugend zu schreiben, in dem die Geographie, Geschichte und Sagenwelt des Landes gleichermaßen kindgerecht verarbeitet ist. Es wurde ihr berühmtestes Buch, in vielen Sprachen übersetzt: „Die wunderbare Reise des kleinen Nils Holgersson mit den Wildgänsen". Die Autorin dieses Buches war die weit über Schweden hinaus bekanntgewordene Schriftstellerin Selma Lagerlöf. Ihr Elternhaus aber geriet im Laufe der Jahre aus dem Besitz der Familie. Ihr sehnlichster Wunsch aber war es, dieses Herrenhaus wieder zu erwerben. Und es bedeutete für sie ein großes Glück, als sie durch ihre schriftstellerische Tätigkeit finanziell in die Lage versetzt wurde, das alte Haus zurückzugewinnen. In einer ihrer Erzählungen schildert sie ein sonderbares Erlebnis in diesem Haus. Sie hatte gerade einen Text konzipiert, in dem ein musizierender Geigenspieler vorkam, als ihr unmittelbar danach ihre nebenan in einem Raum des Hauses weilende Mutter erzählte, sie habe soeben ein wunderschönes Geigenspiel vernommen, den Spieler selbst aber nicht entdecken können. Es war der Geigenspieler in der Erzählung der Dichterin.

Geheimnis eines Hauses!

Und jetzt die eigentliche Geschichte:

„Ein Haus am Mond!" bemerkte der Konsul mit einer abwertenden Handbewegung. „Tausend Kilometer weit weg, hinter dem Eisernen Vorhang - was wollen Sie, auch wenn Sie es besitzen - auf dem Papier!"

Sie besaß es nicht nur auf dem Papier, nicht nur verbrieft, dokumentiert und intabuliert, vielmehr eingraviert in erste Bewußtseinsinhalte, verankert im ersten Schrei des Kindes, hineingebildet in den ersten Augenaufschlag, verwurzelt im Erbgut, in der Ahnenreihe.

Aus solchen Tiefen psychischen Erlebens stiegen auch ihre Träume auf, die in ihrer Intensität visionären Charakter zu haben schienen. Sie sah sich wieder im alten Haus - es war Abend und sie zog die Vorhänge, wie gewohnt zu, mit einem Blick hinaus in den Park mit den hohen Bäumen vor den Fenstern. Der ausziehbare Wohnzimmertisch war verlängert, reich gedeckt, Familienangehörige und Gäste saßen daran.

Ein andermal wieder - im Laufe von Jahren - sah sie das Haus wanken, das Dach eingesunken, dem Zusammenbruch nahe. Und wieder in einem anderen Traum fand sie sich vor dem Kamin, in dessen aufflammende Glut sie Holzscheite einlegte, während sich eine heimelige Atmosphäre um sie verbreitete: das Zuhaus-Gefühl.

Die Jahre vergingen. Ost und West entfremdeten sich immer mehr voneinander. Informationen und Nachrichten über das tatsächliche Leben drüben kamen spärlich und unvollständig. Grundlegende Renovierungen über Grenzen hinweg erwiesen sich als undurchführbar. Das Haus alterte. Einst erbaut in Friedenszeiten, im Aufbruch eines neuen Kunstempfindens, erbaut im Jugendstil, erlebte es vielfältige Wandlungen in historischer, gesellschaftlicher und weltanschaulicher Hinsicht. Zwei Weltkriege hatte es überstanden, vier Generationen erlebt: Glückliche Jahre, frohe Feste und Gäste, Musik und Gesang klagen aus seinen Fenstern hinaus in die Parkanlage. Dann war es allein zurückgeblieben, nur die Erinnerungen und Träume von einst bewohnten die verlassenen Räume. Das Haus alterte noch mehr. Es schien, als wäre es in Vergessenheit geraten, versunken in den Wogen des Zeitenwandels. Zugezogene, fremde Menschen in der Stadt, in der Straße, die ihr Gesicht verloren hatte. Aber es sollte noch schlimmer kommen.

Der Eiserne Vorhang brach entzwei. Nachrichten und Besucher aus den Ostgebieten strömten in den Westen und sie berichteten von Einbrüchen in das Haus, von seiner totalen Ausplünderung, von einer Ruine, deren Mauern zu wanken schienen. Aber in diese tiefste Erniedrigung des Hauses klang es wie ein Fanal zum Aufbruch - wie in dem Lied: „Ich werde kommen und darin wohnen!"

Die nunmehr offenen Grenzen ermöglichten es, den Arbeitsertrag eines Lebens für dieses Haus und seine Renovierung einzusetzen. Und das Wunder geschah:

Eine zwölfstündige Fahrt in einem Familien-Kombiwagen. In der Endphase geht es stundenlang durch rauschende Wälder, zunächst ein Blätterbaldachin, später ein Spalier hoher Tannen und Fichten, nicht endenwollende Wälder. Eine Bilderbuchlandschaft. Wetterleuchten. Das Gewitter kommt näher. Aufleuchtende Blitze mit Donnergrollen erhellen gespenstisch die Sommernacht. Dichter Regen verwischt wie mit einem Schleier die Fahrspur. Noch scheint die Angst Oberhand zu gewinnen, jetzt vor den Naturgewalten. Doch dann wird es still, die Wolken teilen sich, die Türme der Stadt tauchen aus dem Dunkel auf. Der Abendstern steigt über der Silhouette des Gebirges herauf. Der Kombiwagen bleibt vor dem Haus stehen.

Vater, Mutter, Kinder aus der vierten, fünften Generation springen aus dem Fahrzeug. Das Haus strahlt, wie zum Empfang, hell erleuchtet, der Lichtschein fällt hinaus in den Schloßpark, die Türen einladend geöffnet, die Räume in altem, blendendem, spiegelndem Glanz. Die Jüngsten stürmen voll Neugier ins Haus, das sie zum ersten Mal sehen, laufen durch alle Räume. Bewegt folgt die jetzige Eigentümerin in ihr Elternhaus, zusammen mit der Erstgeborenen dieses Hauses. Sie verspüren keine Müdigkeit. Wie traumwandlerisch betreten sie behutsam die Räume, berühren fast andachtsvoll die alten Wände und Türen, während vor ihren geistigen Augen die Bilder der Vergangenheit Gestalt annehmen und zu leben beginnen. Sie finden den Tisch gedeckt mit Brot und Wein. Am nächsten Morgen haben sie das Frühstück am eigenen Herd zubereitet wie einst - vor über fünfzig Jahren.

Der erste Nagel an der Wand gilt dem einst geplünderten Haussegen, der mit dem alten Spruch in neuem Gewand an der gleichen Stelle wieder angebracht wird.

Eines Abends ereignet sich etwas Sonderbares. Es klopft am massiven Haustor. Der späte Besuch: Eine hochbetagte Frau, die sich nach mühsamem Fußweg durch die Stadt hier eingefunden hat. Sie kniet auf der Treppe des Hauses nieder und spricht ein Dankgebebt für die Ahnfrau dieses Hauses, die sie noch gekannt hatte. In den Wohnraum eintretend, hebt die Besucherin mit den großen, unergründlichen Augen in dem immer noch schönen Gesicht, laut an mit tiefer, pathetischer Stimme einen Segensspruch für dieses wiedererstandene Haus zu verkünden, und ihre prophetischen Worte hallen durch die Räume wie eine Glocke.

Und ich, die Zeugin dieses Ereignisses, das mich an eine alttestamentarische Szene gemahnte, mußte an die Worte Leonores aus Beethovens Oper Fidelio denken: „Es gibt eine Vorsehung! Ja, es gibt eine Vorsehung!"

Das ist die Geschichte meines Großeltern- und zugleich meines Geburtshauses, das meine Mutter mit über 90 Jahren renovierte und im alten Stil, dem Jugendstil, wiederherstellen ließ.

Henriette Blasl

Brötchentag

„Lina hat mir das Rezept dieser Erbsenschmirage verraten". Tante Louise gefiel sich in jenem französisch gewürzten Alt-Wienerisch, das so wohltuend gemütlich, jetzt nach dem Zweiten Weltkrieg geradezu desperat unpassend klang. Sie hielt mir ein Schüsselchen voll grüner Paste hin. „Einen Teil habe ich auf meine Fasson abgewandelt; bin neugierig, was sie mehr goutieren". Der andere Aufstrich war rosafarben und schmeckt süßlich. Tante Louise lachte listig. „Die Tochter von der Nevrotek hat ein G'spusi mit einem Ami; von dem kriegt sie flaschenweise Ketchup. Ich hab es gegen ein Blouson getauscht", flüsterte sie und balancierte das alte Karlsbader Teeservice in den Salon.

Ich stand in ihrer Küche und schmierte Brote, grüne und rosarote, legte sie geviertelt auf längliche Platten. Von nebenan kam eine brummige Stimme. Tantes Untermieter Jean, ein ausgebombter Cellist, bewohnte das Eckzimmer. Zwischen diesem und ihrem Schlafzimmer lag der „Salon", als Musik- und Eßzimmer benutzt.

Es läutete und ich hörte Jean charmant rufen: „Küß die Hand, Eveline!" Eine tiefe Altdamenstimme ertönte: „Was für eine ausgefallene Idee, in diesen schrecklichen Zeiten einen Musikabend zu geben! Das kann nur der Louise einfallen! Hat sie auch was zu essen?"

Ein Jahr nach Kriegsende war ich gerade fünfzehn, und meine Vorstellungen von „Musikabend" orientierten sich am Druck einer Schubertiade, die daheim über dem Klavier hing. Mutter hatte nur gesagt: „Hilf Tante Louise! Ihre Lina ist krank und sie hat Musiker eingeladen wie in alten Zeiten."

Die Tante tauchte auf und sah prüfend auf meine Brötchen. „Leg die Schürze ab und komm rein!" befahl sie. Im Salon stellte sie mich vor, lauter ältere Damen und Herren: „Meine Nièce, Herr Professor, Baronin, meine Nièce", und so ging es fort, bis ich mich auf ein Stockerl in der Fensternische retten konnte; von hier war das Zimmer gut zu überschauen. Eine erschreckend dürre Dame im lila Taftkleid setzte sich ans Klavier, Jean stimmte sein Instrument; ein Cellokonzert begann.

Der Professor saß vornübergebeugt lauschend, sein schwarzer Anzug schien einem viel stärkeren Mann zu gehören. Seine Nachbarin lehnte entspannt im Fauteuil, aus dem Spitzenkragen ihres grauen Seidenkleides hob sich ein schmales, eingefallenes Gesicht. Versonnen blickte die Baronin auf die Musiker, ihre feinen Züge gezeichnet von schwerem Erleben, ihre Haltung aufrecht, unbeugsam. Sie sehen so verhärmt aus wie alle Menschen, die ich kenne, fuhr es mir durch den Kopf, doch etwas ist anders an ihnen, irgend etwas …

Eine jüngere Dame und ein kleiner, zerknitterter Herr nehmen ihre Geigen zur Hand für ein Trio mit Jean. Die Klänge der Instrumente erfüllten den hohen Raum mit seinen alten Möbeln, den verblichenen Vorhängen und Überzügen, den verschossenen Tapeten.

Das Konzert war zu Ende; Tante Louise servierte Apfelschalentee, ich ging mit den Platten umher. Der kleine Geiger biß gierig ins Brot. „Henriette", rief Tante Louise triumphierend, „schreib der Baronin das Schmirage-Rezept auf, meine Version!"

Eine dunkelhaarige Dame, an deren Schläfe ein weißer Streifen leuchtete, sagte: „Wir haben im Keller überlebt, aber mein Bösendorfer lag zertrümmert in der Ruine." Sie lächelte schmerzlich. „Zwei Tasten habe ich aufgehoben; darauf kann ich nicht üben."

Mit einer geradezu dringlichen Geste wandte sich der Professor ihr zu. „Darf ich Ihnen mein Klavier anbieten? Kommen Sie üben, bitte!" Wehmut klang in ihrer Stimme auf. „Sie denken jener Tage, da wir gemeinsam konzertierten, mit Helene ..." Sie verstummte.

Er straffte sich, sagte überlegen: „Helene konnte sich noch rechtzeitig vor den Nazis in Sicherheit bringen. Das allein zählt." In diesem Augenblick klopfte Jean an seine Tasse. Es stand da, kerzengerade, das Haar peinlich genau gebürstet. Und plötzlich verschwanden die bitteren Linien um seinen Mund, als hätte es vergessen, daß seine Frau mit einem jüngeren Offizier durchgebrannt war. „Liebe Freunde", sagte er und sah alle der Reihe nach an, „jeder von uns hat böse Jahre hinter sich. Das soll uns nicht hindern, Altvertrautes neu aufleben zu lassen. Ich danke Louise, die heute als erste den Mut hatte, zu einem musikalischen Treffen zu laden." Alle wandten sich meiner strahlenden Tante zu. „Wir haben viel verloren, Menschen und Dinge, nicht aber unsere Liebe zur Musik ..."

Plötzlich wußte ich es: Würde! So geschlagen sie alle waren, so armselig sie aussahen - sie strahlten Würde aus. Mit dieser Würde und ihrer Hingabe an die Musik würden sie weiterspielen, Berufsmusiker und Dilettanten in schöner Eintracht. Und irgend jemand würde mit ebensolcher Würde und Freude für den äußeren Rahmen sorgen, und aus so ungewöhnlichen Zutaten wie den Erbsen der russischen Besatzer etwas zu essen zaubern wie Tante Louise.

Mein Brötchentag war der Beginn einer neuen, alten Wiener Tradition.

Wentila De La Marre

Land, das ich liebe

Land, das ich liebe,
kein anderes dir gleicht,
wo sich Träume vereinen
mit der Wirklichkeit.

Land, an das ich denke,
hör' ich der Möwe Schrei,
seh' ich hellgrüne Flächen,
die der Wind ewig streift.

Land des kalten Nordens,
wo Distel und Heidekraut blüh'n,
wo Dudelsacktöne erklingen
und wo Rhododendron erglüht.

Land der vielen Schlösser,
wo Geister noch Geister sind,
Menschen von Feen träumen
und es viel Seltsames gibt.

Land, Heimat der Ahnen,
manch' trugen der Krone Last,
haben gekämpft, gerungen
und dir die Freiheit gebracht.

Land, von dem ich träume,
seh' ich ein Bild von dir,
es ruft in mir die Sehnsucht wach,
die ich nach dir verspür.

Hanna Folwar

Die Magd

Es war einmal vor langer Zeit, als das Gesetz nicht war wie heut -
da wanderte ein junges Mädchen über Land zum nahen Städtchen.
Es klopft an fremde Türen, ach bitte, kann mich jemand führen?
Ich möchte zum Schloß Herrenstein, bin hier fremd und ganz allein.
Ich suche Arbeit, leb in Not, hab Hunger auf ein Stückchen Brot.
Der Schloßherr braucht noch eine Magd, hab ich gehört, hat man gesagt.
„Mädchen, du bist wunderschön, willst aufs Schloß als Magd hingehn -
der Schloßherr sucht auch eine Frau, doch ists ein Schelm dem nicht recht trau"
Das Mädchen fand Schloß Herrenstein, der Schloßherr selbst ließ es gleich ein
denn so ein wunderschönes Kind, dacht er, daß man nicht wieder find't.
Des Mädchens Wünsche wurden wahr, verdingte sich gleich für ein Jahr -
für Essen, Trinken, guten Lohn und noch ein bißchen mehr davon …
Die Magd, sie kam durch Fleiß zu Ehren, konnte keiner Arbeit wehren.
Der Schloßherr geizte nicht an Gunst, sah ihre Arbeit an als Kunst.
Dem Märchen glich Schloß Herrenstein, doch wird der Herr die Magd auch frein
fragten sich im Tal die Leut, meinten es wär an der Zeit …
Der schönen Maid hat zugelacht das Glück in einer Maiennacht.
Der Schloßherr schenkte ihr die Lieb und schwor, daß es auf ewig blieb.
Voll Seligkeit, in Liebesbann, nahm die Magd die Liebe an -
doch eine innre Stimme fragt, hast du nicht zu viel gewagt?
Die Magd, sie trug schon bald zwei Leben, das ihre und noch eins daneben.
Und als sie dies dem Herrn gestand, jagt er sie fort mit Schimpf und Schand.
Dem Schloßherrn diente sie als Spiel, denn eine Magd war nie sein Ziel.
Der Schurke trieb nur einen Scherz, entwürdigt war ein Mädchenherz.
Bei Nacht und Nebel eilte fort die arme Magd mit hartem Wort.
„Mein Kind wird dich einst wiederfinden und dies Schloß hier unter Linden.
Himmel und Hölle soll dich zerstören, weil du gewagt hast, falsch zu schwören."
Dies war der Magd ihr letzter Gruß, eh sie von dannen schritt mit nacktem Fuß.
Die Magd fand wieder gute Freunde, ihr Kind an Hunger niemals weinte.
Es wuchs heran und wurde groß, fragt nur, wo ist mein Vater bloß?
Und eines Tages wollt es sein, man hörte von Schloß Herrenstein -
ein Verwalter würd gesucht, der Junge hats für sich gebucht.
Dieses Schloß, das wollt er sehn, man sagt, dort wars einst wunderschön.
So klopft er an, man ließ ihn ein, doch dies konnte kein Schloßherr sein.
Ein alter Mann mit wildem Bart und dessen Worte klangen hart.
Verwildert Gärten samt den Bäumen, keine Blumen um zu träumen
und als der Junge in der Chronik las, da wurde er fast mehr als blaß.
Sein Vater wars, der alte Mann, doch der dies nimmer fassen kann.
Auf dem Schloß zu Herrenstein kehrte wieder Leben ein.
Und in der Chronik kann man lesen „Wie es war und was gewesen".

Hauch der Vergangenheit

Ich träum noch oft von zu Haus
von einst, von meinem Vaterhaus.
Unser Dorf lag eingebettet in einem Tal
vom Hügel herab plätscherte ein Wasserfall
Wiesen, auf der die bunten Blumen blühten
Felder, auf denen sich die Menschen mühten.
Diese Kleinod umrandete ein wunderbarer Wald
sein Echo mir heut noch entgegenhallt.
Schön war es in meinem Elternhaus
es hat bedeutet Heimat - ein Zuhaus.
In unserem Garten stand ein großer Kirschbaum
er schickt mir heut noch manchmal einen Traum.
Wie herrlich war damals die Kirschblütenzeit
wenn der Baum sich zeigte im weißen Kleid.
Bienen flogen auf und nieder
küßten jede Blüte immer wieder
und auf der Erde lag vom Blütentanz
aus zartem Weiß ein runder Kranz.
Oft stand ich nah beim Baum
und träumte manch besondren Traum.
Vor unserem Haus stand eine Bank
daneben eine Eiche hoch und schlank.
Wenn die Arbeit war getan
und es fing zu dämmern an
hielt man gerne hier ein Weilchen Rast
und es kam vorbei so mancher Gast.
Gar schöne Lieder wurden hier gesungen
im Dunkel der Nacht sind sie leis verklungen ...
nicht ganz verklungen ist jene schöne Zeit
man kann blättern im Buche der Vergangenheit.
Auch wenn schon lang zurückliegt jene Zeit
atmet man so gerne noch einmal
den Hauch der Vergangenheit.

Als ich noch ein Mädchen war

Als ich noch ein Mädchen war
mit kurzem Rock und langem Haar
träumte ich gern so vor mich hin
dabei kam mir gar manches in den Sinn.
Ich sah die große weite Welt
und alles war zum besten wohlbestellt.

Fand Menschen, die mir gut gesinnt
damit allein man schon die Welt gewinnt
und vom fernen großen Glück
wollt ich mir holen auch ein Stück.
Dies fiel mir ein beim Küheweiden
unter freiem Himmel auf der Weiden.
So war ich denn als Kind ein Hirte
keineswegs war dies mir eine Bürde.
Freiheit ringsum mich her
das liebte ich so sehr -
hörte zu dem nahen Waldesrauschen
und konnte die Natur belauschen
zupfte hie und da vom Brombeerstrauch
Himbeern, Erdbeern gab es auch.
Aus Freude wurde oft ein Lied gesungen
als Echo ist es wieder leis verklungen.
Eine Birke lehnte dort am Waldesrand -
das war der Ort, wo mancher Traum erstand.
Hirsche mit ihrem schönen Geweih
sprangen gar oft am Waldrand vorbei.
Ein andermal, als ich wieder so sann
wandert ein Reh zur Quelle hinan -
dann sah ich zu meinem Entzücken
einen Auerhahn auf des Hügels Rücken.
Gern hörte ich der Vögel schönes Singen
und es war mir, als würde es für mich erklingen;
für mich als Hirt und Königin zugleich
denn diese Heide war ja mein Reich.
Hier gabs keine Fessel für Phantasie und Sinn -
Freude an Freiheit liebt ich und es schien
als wär ich als Hirt unendlich reich
nicht Geld noch Gut kamen diesem Erlebnis gleich.
Und denk ich an des Himmel herrliches Blau
das dort sich wölbte über jene Au -
ob Wolken, Wind oder Regen
für uns war alles ein Segen.
Ganz besonders liebte ich den Untergang der Sonne
dieses Naturschauspiel betrachtete ich oft mit Wonne.
Wenn die letzten Sonnenstrahlen ihr Gold versprühten
und die nahen Hügelkämme im Abendrot glühten -.
So nimm denn hin Vergangenheit
meine Sehnsucht nach der schönen Zeit
Ich grüße dich, mein Heimatland
mein Herz ist und bleibt dein Pfand.

Karin-Maria Gerhard

Seine Heimat - ihre Heimat

Das Bremsen und Zischen der Lokomotive riß sie aus ihren Tagträumen. Noch etwas verwirrt öffnete sie das Fenster.Was konnte den Lokführer dazu bewegt haben, hier mitten in der „Wildnis“ zu halten? Schon waren einige Mitreisende ausgestiegen und sprachen wie wild durcheinander. Sie verstand natürlich nichts - es war Hindi, oder einer der vielen Dialekte. Dann sah sie die Ursache des unfreiwilligen Halts: Eine ausgemergelte Kuh stand auf den Schienen und zupfte genüßlich an den spärlichen Grashalmen, die zwischen den Gleisen hervorsprießten.

„Wünschen Madam etwas zu trinken?“ - Ein Livrierter hatte die Tür ihres Abteils geöffnet und die Frage mit einer höflichen Verbeugung gestellt. „Ein Gin-Tonic, bitte!“ -„Kommt sofort, Madam“. Mit einem Lächeln, das seine makellosen Zähne zeigte, die mit der weißen Uniform um die Wette strahlten, entfernte er sich.

Sie schloß das Fenster, um der glühenden Hitze zu entfliehen und sich in das klimatisierte Abteil zurückzuziehen. Nun setzte sich die alte Lok schwerfällig in Bewegung. Die Kuh hatte man inzwischen respektlos von den Gleisen gezerrt. „Ich dachte, Kühe sind heilig in Indien?!“, hielt sie dem Livrierten entgegen, der mit ihrem Gin-Tonic zurückkehrte. „Nicht heilig, nur geehrt, Madam. Wenn Madam sonst noch Wünsche haben? Tee wird in einer halben Stunde serviert.“ Wieder blitzte die beneidenswerte Perlenreihe, als er das Abteil verließ.

Am nächsten Bahnhof öffnete sie wieder das Fenster. Sie wollte das Land mit all ihren Sinnen wahrnehmen, aufsaugen. Die Luft war geschwängert mit exotischen Düften. Vor allem Sandelholz kroch ihr in die Nase. Sie beobachtete die spielenden Kinder mit ihren dunklen Augen und Wimpern so dicht wie Bürsten, die Männer mit ihren Turbanen und die schönen Frauen in ihren farbenprächtigen Saris und den Goldarmreifen, die bei jeder ihrer grazilen Bewegungen klirrten.

Wie lange hatte sie sich auf dieses Land gefreut! So viel hatte ihr Sandib erzählt von Indien, von seinem Indien, von seiner Heimat.

Nach dem Tee fiel sie wieder in ihre Tragträume: Sandib Kishore, Maharadscha of Tiloi. - So wurde er ihr damal auf dem Ball vorgestellt... Sandib im Hause ihrer Eltern... Sandib an ihrem Bett, ihre Hand haltend: „Trink nur dann, wenn es Dir gut geht! Wenn Du unglücklich bist, wird sich Dein Unglück durch den Alkohol vervielfachen!... suggerierte Sandib, als er ihr das Amulett mit seinem Familienwappen schenkte... Wie lange hatte sie gebraucht, um sich ihrer Gefühle für ihn bewußt zu werden?! Sie hatte ihn immer nur als guten Freund gesehen, der immer für sie da war. Sicher hatte sie gespürt, daß er mehr für sie empfand, aber in seiner stolzen, unaufdringlichen Art hatte er nie ein Wort darüber verloren. Doch dann war dieser Augenblick gewesen... Sie war in seinen Augen versunken - versunken bis auf den Grund seiner Seele... Und nun war sie in dieses Land, in seine Heimat gekommen, um bei ihm zu bleiben...

„Madam, wir sind in Khajuraho“, weckte sie der Schaffner. Vom Herzklopfen leicht schwindlig, taumelte sie aus dem Zug. Sie setzte sich den Hut auf und hielt Ausschau nach Sandib.

Schon sah sie eine Garde von Weißgekleideten auf sich zukommen. „Willkommen, Madam! Ich bin der Onkel von Eurer Hoheit…“ „Wo ist Sandib?“ Während sie diese Frage stellte, spürte sie, wie sich alles verkrampfte. Sie fühlte eine unendliche Leere. Die aufsteigenden Tränen tauchten all die Farbenpracht um sie herum in einen Grauschleier. „Ein Jagdunfall. - Es tut mir leid…“

Damit starb auch ihre Heimat.

Haiku

Vogelsymphonie
blankes Eis am Gletscherrand
Frühlingserwachen

Aphorismen

Heimat ist dort, wo man glücklich ist.

Besser in der Heimat allein, als zu zweit einsam in der Fremde.

Die Fremde ist der Schlüssel zum Heimatgefühl.

Gerd Glassner

Geschichten aus der Heimat von Bären und Buben

ich wohne in einer waldreichen & bärenstarken gegend. dort gab es zwei knaben. der eine war andi, der andere kurti. die lehrer hielten andi für gescheit, seine eltern hielten ihn für gescheit, und so glaubte andi, er sei wirklich gescheit. schließlich hatte er ja gute zeugnisse.

kurti hingegen wurde nur von wenigen für intelligent gehalten. seine noten in den zeugnissen waren nicht bemerkenswert. im besten fall würde man ihm eine gewisse schlauheit & einen gesunden menschenverstand zubilligen.

eines tages schlenderten die beiden durch den wald, als sie plötzlich einem problem begegneten, und zwar in form eines riesigen & äußerst hungrig wirkenden bären.

andi rechnete blitzschnell aus, daß der bär sie in 13,13 sekunden eingeholt haben müßte, falls sie davonrennen würden. er geriet in panik & warf einen verzweifelten blick auf seinen begleiter kurti, der sich in aller ruhe seiner wanderschuhe entledigte & seine joggingschuhe anzog.

BIST DU WAHNSINNIG? WIR KÖNNEN DOCH UNMÖGLICH SCHNELLER LAUFEN ALS DER BÄR! sagte andi aufgeregt zu kurti.

dieser antwortete cool. GANZ RICHTIG, ANDI. ABER ICH MUSS JA NUR SCHNELLER LAUFEN ALS DU.

und noch etwas passierte in meiner heimat:

einer meiner freunde verlief sich im wald. plötzlich stand er wie versteinert. ein bär hatte ihn entdeckt & ging sofort zum angriff über. in seiner verzweiflung kniete sich der verfolgte nieder & betete um seine rettung.

wie durch ein wunder hielt der bär plötzlich inne, fiel auf die knie & begann ebenfalls zu beten.

der bär betete: ICH DANKE DIR, O HERR, FÜR DEINE GABEN.

und das war das ende dieses knaben.

AKROSTICHON

Herzliche
Erlebnisse
Inmitten
Mütterlicher
Aufmerksamer
Toleranz

zählige Kurzgeschichten, später dann Filme und ganze Romane und Fremdsprachendiplome. Das half mir, als ich überraschend das Angebot bekam, in Wien den Film „The poppy is also a flower" - eine Anti-Rauschgift-Story pressemäßig zu betreuen. Den Virus, mit V.I.P.s zu sprechen, hatte ich ja bereits in mir. Da war ich nun wieder in der Heimat, die sich inzwischen ganz schön herausgemausert hatte. Der Onkel aus Amerika, wie ich ihn scherzhaft nannte, war mir glücklicherweise erhalten geblieben. Ich gehe nämlich nicht gerne über abgebrochene Brücken. Dann folgten die wissenschaftlichen und spirituellen Interessen, sozusagen grenzüberschreitend, und ich lernte viele neue Gebiete kenne. „Wir haben einen ganz gewaltigen Menschenverschleiß" meinte einmal ein Kollege. „Du lebst in einer Traumwelt" sagte einmal meine Familie, aber ich sage, „nur ein Realist kann seine Träume auch verwirklichen!". Bei einigen ist es mir auch gelungen, und eine Berühmtheit habe ich überhaupt nicht erst angestrebt. So eine bringt ziemlich viel Unheil über die Menschen mit Lügen und Neid. Sollte ich allerdings einmal den Oscar bekommen, den würde ich gerne annehmen und dann wie die Shirley McLaine sagen: „Ich glaub, ich hab' ihn mir verdient." Also, vielleicht werde ich doch noch einmal ein zweitesmal entdeckt. Angeblich ist es nie zu spät!

Mein Vater und Adolf Hitler

Mein Vater wohnte als Kind in der Simon-Denk-Gasse (Grundrichter der Vorstadt Althan) im 9. Gemeindebezirk in Wien. Er war in gewisser Weise, wie man heute vielleicht sagen würde, auch so eine Art Straßenkind. Es gab wenig Spielzeug und die vier Geschwister interessierten ihn auch nicht sonderlich. Die Straßen waren damals fast überhaupt nicht befahren, und so spielten die Kinder eben Fußball.

Bei so einem Match passierte es dann, daß er einen Ball in ein Fenster schoß. Vis-à-vis, etwas höher. Nun wußte er nicht so recht, was er tun sollte. Hinauflaufen und sich entschuldigen, es den Eltern sagen, die aber nicht viel Geld hatten oder überhaupt davonlaufen. Seine Mitspieler hatten in der Zwischenzeit natürlich sofort das Weite gesucht. Allein stand er also da, als ein um ca. 10 Jahre älterer Mann herunterstürmte und ihm, ohne viel zu fragen, eine mächtige Ohrfeige gab mit den Worten: „Das wirst Du Dir merken, daß man aufzupassen hat, wohin man schießt!". Der Mann war, wie sich bald darauf herausstellte, unser späterer Führer, Adolf Hitler.

Mein Vater hat sich die Worte gemerkt, und als die Gefahr eines Einberufungsbefehls immer näher rückte, setzte er alle Hebel in Bewegung, um in die Provinz versetzt zu werden, wo man ihn dann nicht nur allein wegen seines eher zarten Körperbaus unabkömmlich stellte. Er war sich seiner selbst nämlich gar nicht so sicher, wo er im Ernstfall hinschießen sollte, und für jemanden, der einen geohrfeigt hat, wollte er schon überhaupt nicht einrücken. Ein wenig später kam ein zweiter Stellungsbefehl, der aber glücklicherweise meinem Großvater mütterlicherseits ausgehändigt wurde, der ihn bewußt oder unbewußt, ich glaube das erstere - einfach liegen ließ. Ein dritter kam nicht. Auch so etwas gab es im 3. Reich. Der ältere Bruder hatte nicht so ein Glück. Er wurde von den Amerikanern an die Russen ausgeliefert und war jahrelang in Gefangenschaft, und wir, die Kinder, wir lebten von 38 bis 45 in der neuen Heimat Deutschland, obwohl wir damals noch keinen Fuß in das großdeutsche Reich, d. h. in das Altreich gesetzt hatten. Die Familie meines Mannes nur teilweise, aber er hat nie darüber gesprochen. Es tut so weh.

Johanna Jonas-Lichtenwallner

Heimat - Ein paar Gedanken zu diesem Begriff

Es gibt immer wieder Namen und Worte, denen man viele Bedeutungen zuordnen kann. Ein solcher Begriff ist wohl das Wort HEIMAT.

In meiner bisherigen Lebenszeit - immerhin einiges mehr als 80 Jahre - hat es eine Zeit gegeben, da das Wort verpönt war. Vielleicht erinnern sich noch einige Menschen daran, die Zeit ist ja noch gar nicht so lange vorbei.

Alles, was mit Heimat verbunden war, sagte man lieber nicht, etwa „die alte Heimat", „heimatvertrieben", „heimatlos", aber auch die positiven Begriffe ließ man lieber weg, etwa „Heimattreue" oder „Heimatliebe".

Die heute ganz jungen Menschen haben weder zum negativen noch zum positiven Begriff eine ernstere Stellungnahme. Es ist für sie nur noch eben ein Wort.

Natürlich gab es keine Heimatfilme oder ähnliche Kunstwerke. Es wagte auch der Künstler nicht, über „Heimat" zu schreiben oder Heimatbilder zu malen. Auch das Betonen eines Dialekts war nicht sehr geschätzt, weil man eben mit der Mundart eine bestimmte Heimatregion verbinden kann und verbindet.

Einige wenige Dichter wagten es dann doch, das Wort Mundart aufscheinen zu lassen, so etwa H. C. Artmann mit seiner „schworzn Tintn", Trude Marzik mit ihrer „Kuchlkredenz". Sie haben erste Anstöße gegeben, sich der Bindung an eine bestimmte Region oder einer bestimmten Mundart nicht zu schämen.

Heinz Conrads hat ebenso das Seine dazu beigetragen, zumindest der Wiener Mundart wieder zu ihrem Platz zu verhelfen.

Jetzt aber, 50 Jahre nach jener „gefährlichen" Zeit, sollten wir uns wahrhaftig nicht mehr scheuen, das Wort Heimat zu gebrauchen.

Ich habe mich nie geschämt, zu behaupten, daß für mich Heimat einen zweifachen Stellenwert und einen mehrfachen Klang hat, genau genommen einen dreifachen.

Ich wurde zwar in Wien geboren, verbrachte dann aber den Ersten Weltkrieg im Waldviertel – also von November 1914 bis April 1919 - im Heimatdorf meiner Eltern. Und das Kind wurde da geprägt, der Wald sang mir sein Lied in allen Farben und Formen und die Liebe zur Natur wurde in diesen Jahren zum festen Bestandteil meines Ichs.

Aber auch die Jugendjahre in Wien prägten sich unauslöschbar sein. Und ich liebe ebenso die „größere" Heimat, die ich mir als junger und als reiferer Mensch erwandert habe, die Alpen, die Ebene, die beiden großen und die vielen kleinen Seen, die hohen und höchsten Berge. Ich bereue keinen Schritt, den ich im Dachsteinmassiv und in den Hohen und Niederen Tauern gemacht habe. Die Erinnerung daran verschönt, erleuchtet meine alten Tage.

Es gibt also für mich die kleinere, die größere und die ganz große Heimat, Wien, Niederösterreich und Österreich.

Sie geben mir alle drei die Kraft zu arbeiten, zu schreiben, zu dichten, die Musik zu lieben und überhaupt das Schicksal, das wahrlich nicht immer freundlich mit mir umgegangen ist, zu ertragen. Ich konnte diese Heimatliebe, wie immer man sie betrachten mag, meinem Sohn und meinem Enkel weitergeben, vermochte ihnen damit Kraft und Liebe zu vermitteln und ich sehe in meinen alten Tagen, daß sie beide sowohl Wien als Heimat betrachten, ebenso das Waldviertel, das sie so wie ich von Herzen lieben, damit den Wald, den Acker, die Natur und all dem Achtung entgegenbringen.

Und wenn wir das Wort Natur aussprechen, sollten wir alle den Stellenwert unserer Heimat und ihren Zustand kennen und sehr wohl auf deren Erhaltung achtsam sein.

Das ist mein Wunsch an alle: Wiener, Niederösterreicher und Österreicher!

Edeltraud Jelem

Meine Heimat

Was ist Heimat? Ist Heimat der Ort unbeschwerter Kindertage im Kreise der liebevollen Eltern? Geborgenheit und Zuversicht, Gewohnheit und Vertrautheit? Land der Erinnerungen, die uns bis zum Lebensende begleiten? Ort der Freude, Ort der Besinnlichkeit? Landschaft der ersten Eindrücke, geprägt von Wiesen, Wäldern, Bergen und Tälern?

Wertvolle Erinnerungen an daheim prägen unseren Charakter und geben uns die Kraft, den kommenden Lebenskampf zu bestehen.

Doch oft müssen wir in späteren Jahren unsere engere Heimat, in der wir geboren sind, verlassen. Ausbildung, Beruf und Familiengründung machen es oft notwendig, unseren gewohnten Wohnort zu verlassen. Wir finden anderswo eine Ersatzheimat, der auch unsere Liebe gehören kann. Wir fühlen uns zu Hause, dort, wo wir die schönsten und wichtigsten Erlebnisse erfahren haben.

Ich selbst habe meine Kindheit im Traisental verbracht und bewahre zahlreiche Kindheitserinnerungen immer noch als besondere Kostbarkeit, obwohl ich seit meinem zwanzigsten Lebensjahr in Wien lebe. Ich habe die meiste Zeit und die wichtigsten Jahre in Wien verbracht. Ich halte mich in Wien gerne auf, aber dennoch ist mir die Großstadt keine Heimat geworden. Das Häusermeer und die Straßen können mir die Natur nicht ersetzen, die ich im Traisental empfinden durfte. Den Duft der Heimaterde, die blumenreichen Wiesen, den Gesang der Vögel kann nie das Großstadttreiben ersetzen.

Jedoch in Kärnten, wo ich mit meiner Familie seit vielen Jahren ein Sommerhaus bewohne, habe ich ein Stück Ersatzheimat gefunden, ein Stück vertrautes Land, ein Stück heimatliche Natur. Der Blick auf die Karawanken, die Aussicht auf den Faakersee, die morgendlichen Nebelfelder der gegenüberliegenden Moorlandschaft sind für mich ein vertrauter Anblick, sind für mich ein Stück Heimat geworden.

Nicht selten treibt uns die Sehnsucht in späteren Jahren wieder in die ursprüngliche Heimat zurück. Manchmal jedoch sind wir enttäuscht. Vieles hat sich verändert. Das alte Bild der Kindheitserinnerungen ist zerstört, unsere alten Freunde verstorben oder weggezogen oder wir erkennen sie nicht mehr. Enttäuscht kehren wir wieder in die Großstadt zurück und verdrängen unsere Kindheitserinnerungen in den letzten Winkel unseres Herzens.

Herbstlied

Vor dem Haus blüht noch die Rose,
auf dem Hang die Herbstzeitlose,
Goldrute am Wegesrand,
Sonnenschein bestrahlt das Land.

Die Berge sichtbar, klar und rein,
laden zu Wanderungen ein.
Smaragdgrün glänzt der Faakersee,
am Mittagskogel liegt schon Schnee.

Langer Sommer neigt sich nieder,
es verstummen laute Lieder,
denn der Herbst nähert sich leise
in der trauten stillen Weise.

Lautlos und fast unerkannt,
nimmt er sacht uns bei der Hand
und will mit dem bunten Schönem
uns das letzte Mal verwöhnen.

Eh die Kälte eingezogen
und die Sonne uns betrogen,
läßt er Berge rot erglühen
und die letzten Blumen blühen.

Gibt den Bäumen bunte Farben,
ehe sie im Winter darben.
Taucht das Tal in goldne Hüllen
will uns jeden Wunsch erfüllen.

Erinnerung

Freude erhellt
die Tage der Kindheit,
läßt schwarze Wolken
ungeboren,
Mühen ungeschehen
und Sorgen unerkannt.

Die Erinnerung
an die Kindheit
gleicht einem weichen Rosenpolster
auf dem wir auch
in späten Jahren
sorglos ausruhen dürfen.

Wo du bist

Wo du bist,
bin auch ich daheim,
denn ich kann ohne dich nicht sein.

Wo du bist,
dort liegt meine Welt,
ich liebe nur, was dir gefällt.

Wo du bist,
ist mein Sinn und Hoffen,
es stehen alle Tore offen.

Wenn du einst stirbst,
dann geh ich mit,
denn ich verlaß dich keinen Schritt.

Vorüber

Mit ruhig, festem Gang
warst du fünfzig Jahre lang
stets an meiner Seite,
gabst mir das Geleite.

Immer waren wir zu zweit
und zu jeder Tat bereit.
Zur Heimat warst du mir geworden.
Ich fühlte mich bei dir geborgen.

So ging es lange Zeit dahin,
das Leben bot uns Lust und Sinn.
Wir teilten unsere Sorgen
und freuten uns auf morgen.

Doch plötzlich kam die dunkle Nacht
die dir den stillen Tod gebracht.
Trauervoll und ohne Glück
blieb ich dann allein zurück.

Sinnlos irre ich umher,
habe keine Heimat mehr.
Stumm und leer scheint diese Welt,
die mir nun nicht mehr gefällt.

Fernblick

Gern geh ich den Hang entlang,
setz mich dort auf eine Bank,
blick bei Abendsonnenschein
in das traute Tal hinein.
Seh den Faakersee erglänzen,
schau bis an des Landes Grenzen.
Voll geruhsamer Gedanken
schaue ich die Karawanken.
Mit dem Mittagskogelblick
kehr ich dann nach Haus zurück.

Katalin Jesch

Zwischengedanken

Die Sprache
    zwischen Lauten, Silben und Worten
    wie eine Quelle aus der Tiefe sprudelt.
Das Land
    im schützenden Becken eingeschlossen
    die sanften Hügel wie Frauenbrüste von Gott liebevoll geformt
    zwischen ihnen die Weite.
    Am Horizont salutierende Akazienbaumsoldaten,
    feurige Blicke, Lavendellächeln und strahlende
    Sonnenblumengesichter bewachen.
Ein Strom
    wie ein Weg, ein blaues Band
    spült die Gedanken immer fort...
Die Grenze
    zwischen Lauten, Silben und Worten
Ein Strom
    wie ein Weg, ein blaues Band
    verbindet die Gedanken von hier und dort.
Das Land
    Berge, wildromantische Schluchten
    Gipfel wo die Sonne spazieren geht.
    Stürme die ihre Wutausbrüche
    am Gletscherboden peitschend abkühlen.
    Wälder wo die grüne Stille sich ausbreitet
    und der Herzschlag der Erde gleich
    trabende Pferde in der Weite.
Die Sprache
    zwischen Lauten, Silben und Worten
    die balancierende Zeiger auf der Waage
    mitten fremd und vertraut.
Die Zeit
    mit ihren Pinselstrichen vermischt die Farben
    hinterläßt unauslöschliche Lichteffekte
    aus Trauer und Freude.
    Ein Gedankenmeer
    zwischen verlorenen und gefundenen
    Lauten, Silben und Worten.

Verbundenheit

Wie in einem lauwarmen Sommersee

Heimat

ich kann mich in Dich eintauchen,
mich auf Dein Ufer setzen und nachdenken.

ich fühle

Wir haben unsere eigenen Leben.
Ich kann Dich nicht Tropfen für Tropfen wegtragen
und nur für mich behalten
Ich beobachte Dein sich immer änderndes Antlitz:

deine

wie der Regen in Dich fällt und mit Gänsehaut überzieht

Sorgen

wie die Sonne Dich wärmt und mit Glanz verzaubert
wie die Pflanzen in Dir wurzelschlagen und wachsen

Kräfte

wie die Frösche, Fische und Enten in Dir schwimmen

Siege

wie die Libellen um Dich herum tanzen und Dich küssen
wie die Menschen in Dir baden, sich erfrischen und mit Dir spielen

Freude

wie Du von dem Herbstwind Dich aufwühlen läßt und vor Wut schäumst

Kämpfe

wie Du von der Kälte in einen Eispanzer erstarrst und Dich isolierst
wie Du von dem Frühling gestreichelt wieder erwachst

neue Wege

Ich bin immer in Deiner Nähe und schöpfe Kraft von Dir.

Du bist in mir.

Heimwe(h)g

In der Ferne ein vertrautes Nest
aus Erinnerungen gebaut.
Die Gedankenflügel schweben im Kopf
wie die Schwalben finden sie die Route
mit geschlossenen Augen die Zeit und den Ort.

Die Reise ist nicht immer eine Fahrt
vom Wind getrieben zwischen alt und neu,
gestern, heute und in den Wünschen von morgen
entdecke ich den Weg überall.

Qual der Wahl

Tatsachen, Ergebnisse, Versäumnisse
mit rot, schwarz, blau, grün beleuchtet
mit Statistiken belegt,
und wie die Blätter im Wind
hin und her gedreht.

Aussichtslose Aussichten
Ausweglose Ansichten
korrigiert, kombiniert, diskutiert
Krasse Gegensätze in kompromißlosem Kompromiß erstickt.

Ist es ein immer wiederkehrendes Gesetz?

Senryu

Zu Hause fremde
neue Heimat irgendwo
Asylantenweg

Gefühle in mir
Worte die ich weiter gab
getroffen von dir

Zlata Junge-Zimmer

Der Sonnenuntergang in Mariazell

Wenn die Sonne in Mariazell untergeht
und der Glanz der Sonne hinter der Kirche
scinc letzten Strahlen preisgibt,

da kehrt Herr Gott zu sich heim
und mich läßt er ganz allein
und plötzlich wird alles still…
Er muß sich kurz ausruhen und hinlegen,
da ruht er; Menschen, ruht Euch auch aus,
da habt ihr meinen Segen.

Er schläft nur kurz, denn er muß schon bald fort
und fliegt durch den Himmel um die Erde
es warten Menschenmassen auf ihn dort
und alle sind in schlimmer Not…
Vielleicht gibt es dann Frieden und Brot.

Wenn die Sonne untergeht,
dann gehe auch ich schon heim
und da denke ich traurig nach,
wo mag Er nun jetzt sein…

Mathilde Jurtschitsch-Reisinger

Gute Menschen gibt es überall!

Wie die Schweiz meine zweite Heimat wurde.

Nach dem Krieg fuhr auch ich wie viele andere in die Schweiz, um mir Geld für einen Wohnungskauf zu verdienen.

Ich bekam vom Arbeitsamt einen Posten als Serviertochter vermittelt und löste beim Reisebüro in Graz die Fahrkarte bis zur Endstation. Das Geld für die Reise hatte ich mir ausgeliehen.

Als ich in der betreffenden Stadt in der Schweiz ankam und mich am Bahnhof nach dem Bestimmungsort erkundigte, sagte mir der Vorstand, ich müsse noch 7 Stationen mit der Privatbahn auf dem anderen Geleise weiterfahren.

Ganz erschrocken, erzählte ich ihm den Grund meiner Fahrt und daß ich in Graz bis zur Endstation gelöst hätte und nun kein Geld mehr besitze, bis ich eines verdient hätte. Darauf meinte der Bahnhofsvorstand gütig, ich solle nur einsteigen und hinfahren, er werde mit dem Schaffner sprechen und wenn ich einmal soviel verdient hätte, sollte ich die Fahrt dort beim Bahnhof bezahlen.

Damals war ich jung und hübsch und hatte bald soviel Trinkgeld beisammen, so daß ich meine Schuld gleich nach Pfingsten bezahlen wollte. Da sagte man mir, weil ich so schnell gekommen sei, dürfe ich das Geld behalten und gleich damit beginnen, für eine Wohnung zu sparen!

Solche Güte vergißt man nie!

Auch hatte ich immer wieder schöne Erlebnisse mit meinen Gastfamilien. Da meine Mutter daheim schwer krank wurde, mußte ich ein paarmal meine Stelle wechseln, aber ich hatte immer wieder Glück.

Bei meiner letzten Familie, der Herr war Direktor einer Waschmittel- und Parfumeriefabrik. Sie hatten drei Töchter. Zwei gingen schon in die höhere Töchterschule, so sagte man damals. Die Jüngste kam erst zur Schule. Bei dieser Familie wurde ich als erste, richtige Haustochter angenommen, obwohl sie evang. und ich kath. war. Durch meine Fröhlichkeit habe ich sie gewonnen. Bin nun seit vierzig Jahren, wo ich wieder in Graz bin, noch immer in Briefverbindung. Auch mit der lieben Arztfamilienmutter. Wir schreiben uns mit dem lieben, freundschaftlichen „Du".

Im Seniorenpflegeheim Schloß Wildenstein war ich ein halbes Jahr als Schwestern-Ferienablöse tätig. Mit dieser Zeit verbinden mich auch viele schöne Erinnerungen.

Der Hotelwirt, wo meine erste Stelle war, verhalf mir zu einer guten Arzthaushaltstelle, wo ich jeden Sonntag frei hatte, wo ich schöne Ausflüge mit dem Fahrrad machen und meinen Mann besuchen konnte, denn sie haben ihn in der größten Möbelfirma der Schweiz untergebracht.

Durch diese vielen, schönen Erlebnisse wurde die Schweiz durch die Wohnungsnot für drei Jahre eine zweite Heimat! Schöne Erinnerungen sind ein Schatz, den kein Schicksal zerstören kann!

Weils woahr is!

As Lebm am Lound hot vüle Seitn.
As Brot, dös braucht a gounzes Joahr,
dös Körndl hot an Weg an weitn,
van Ounfan(g) bis zua eßboarn Woar.
Wos muaßt do sist nouh olles wissn,
va Ocker, Obst und Stoll und Haus,
und hot as Wetter d' Rechnun(g) zrissn,
geahts ouhne Nebnverdeanst net aus.
Weil net jeds Kin(d) studiern glei kounn -
is's Örtl kloa und weni Göld;
aft nimmst an Deanst und Lehrplotz oun,
wos kounnst, is's größti Guat auf d' Wölt!
Ma ziag' in d' Stodt, bsuacht obms a Schul
und nutzt sei' freie Zeit zan Lern.
Geduld und Nervn braucht dös wuhl,
douh is ma gsund, sou mocht ma's gern.
Da Ehrgeiz gibb oan Kroft und Muat,
woun's Schicksol neckt und niederdruckt;
aft brauchst a bisserl Wounderbluat,
und moan ah d' Leut, du bist varuckt.
Moch da nix draus, va dö hülft koaner gern.
Die Fremd' dö mocht die Leut erst tüchti.
So woars ah frühra, brauchst net rern;
wirst ausgfeilt, gfurmt und lernst erst richtig
dei' Hoamtlandl liabm und ehrn!
Han fünfmol goar va vorn oungfoungen,
do bleibb ma jung, so moan ih gern.
Loß dih von Schicksol net daloungen!

1. Landwirtschaft
2. Gastgewerbe
3. Krankenpflege im städt. Krankenhaus
4. Städt. Familien- und Kinderbetreuung, wo eine Mutter im Spital ist
5. Nach beidseitiger Staroperation Telefonistin des Magistrates (Haupt-Vermittlung)

Kriag hoaß worn,
Koani Summagäst mehr;
lauter Fraun mit viel Kinner,
auspompti aus Deutschlond.
Lebnsmittlkoartnbickerei.
Später Mülitär und Flüchtlingstrom.
Zan Schluß Russn - - -
Haus zittert, Ponzer, mir zittern.
S' große Haus vull Russn, Schlitzaugn
Frühra schnöll Wertsochn
Gsöchts, Erdäpfel guat eingrobm,
nix gfunden!
Sau gstuhln, Schimml weggnommen,
uns sölber nix gschegn.
Öfter gfährli!
Muatter Gottes uns beschützt.
Guati Schutzengl ghobb für Kinner.
Viel Fremoarbeiter.
Noch drei Monat Russn endlih furt.
Viel Pumpera gmocht.
Schwari Stoa va viel Herzn gfolln.
Moncher Voda wiader hoamkemm,
unserer ah, Gott sei Donk!
Mir hot tromb, Tram woar woarn.
Gfongni Soldotn san hoamkemm
oa' Bruder ah, oaner is gfolln.
Rucksock ausn Zug gschmissn;
bin mit eahm hoamgfoahrn,
sletzti Stückl mit an Heuwogn,
Hauptsoch ma is gfoahrn!
Eltern-zwoa Gschwister scho gstorb
mei' Schotz-gfolln.
Han später noch Graz gheirat
Do is hiatz mei' Hoamt!

Rudolf Viktor Karl

Vor dem Bildnis meines Ururgroßvaters

Zurück in die Ahnengalerie! Zurück in die sogenannte gute, alte Zeit, die vielleicht gar nicht so gut war. In dieser Zeit gab es einen allseits verehrten Herrn Oberlehrer in Straning mit dem Namen Peyfuß. Seine Tochter heiratete in eine Wiener Beamtenfamilie ein, starb als Großmutter meines Großvaters am Schlagfluß und hat vor ihrem Tode mit meinem Großvater noch ihre Abendsuppe gelöffelt auf einem Tischchen, das jetzt noch in meiner Wohnung zu finden ist.

Dieses Mädchen blickt mich aus einem schwarzen Ebenholzrahmen an, und mögen die Maler auch geschmeichelt haben, so bleibt doch etwas Seltsames und viel Liebreiz in dem Jungmädchengesicht, unverdorbene Jugend, blondes Haar und ein treuherziger Blick. So stelle ich mir vor, daß nicht nur um Oberlehrer und dessen Tochter, sondern auch um das Oberlehrerhaus in Straning ein besonderer Hauch der Romantik gelegen haben mußte, in einer Gegend, die ich nicht einmal genau kenne, eine Ortschaft, unbekannt und ländlich zwischen Krems und Stockerau, nicht wert, in einen Kunstführer aufgenommen zu werden. Wenn man Adalbert Stifter liest, so kann man sich vielleicht die Situation ein wenig vorstellen, und seine Novelle „Aus der Mappe meines Urgroßvaters" beschreibt in ausführlicher Art Häuser von Pfarrherren, Landgutbesitzern und auch Lehrern. Seltsam. Immer mußte ich dabei an meinen Ururgroßvater denken, an diesen seltsamen Mann, der humanistisch gebildet war. Es hat einige Generationen gedauert, bis wieder ein Lehrer, ein seltsamer Lehrer den Familienstolz hatte befriedigen können.

Lehrer Peyfuß hat auf einem ganz reizenden Porträt in Aquarellmanier der damaligen Zeit einen großen Gänsekiel in Händen, als Zeichen, daß er auch schriftstellerisch tätig gewesen ist. Ich bewahre seine Abhandlungen über die Gebete auf, er hat sich mit einem Vorläufer der Verhaltensforschung beschäftigt, studierte aus diesem Grund den Ameisenstaat und hat sicherlich mit aller Umsicht die ihm anvertrauten Kleinen betreut. Kinder, so stelle ich mir vor, die buntgewebte Bauernkleidung und Winzergewänder getragen haben, weil sie bei der Ernte im Familienbetrieb, wie wir heute wohl sagen würden, fleißig noch mithelfen mußten. Ob es damals wohl selbstverständlich war, Güte und Milde walten zu lassen, wie sie aus dem Gesicht des alten Herrn spricht? Genügte es damals, eine Persönlichkeit zu sein, die der Herr Oberlehrer, wenn auch klein von Wuchs, sicher gewesen ist? Mußte trotzdem der oft zitierte Rohr-Stab sprechen? Stand dieser nur formhalber in der Ecke des Klassenzimmers, aus dem bestimmt oft genug Gesang erscholl? Vielleicht hat der Herr Oberlehrer die kleinen Kinder auch überfordert und ihnen Dinge erzählt, die sie nicht begreifen konnten, hat vielleicht aus Dichtungen vorgelesen, die die Kleinen Augen und Ohren aufsperren ließen und von denen sie nicht ein Wort verstanden haben. Es saß aber vielleicht auch ein kleiner, aufgeweckter Franz oder Karl in der Klasse, der Fragen stellte, noch mehr wissen wollte, den der Herr Oberlehrer dann wohlwollend über sein Brillenglas hinweg ansah.

Man kann es nicht wissen, ob der Herr Oberlehrer seinen Dienst nicht doch unwillig und unwirsch versah, nicht mehr erzählte, als was in den Lehrbüchern verlangt worden ist, sich gar nicht bemühte, seine Erfahrungen weiterzugeben und erst am Abend Entspannung gesucht hat wie eine Spitzweg-Figur zwischen Blumen, Weinstöcken, alten, in Leder gebundenen Büchern und selbstgeschriebenen, alten Pergamenten. Sicher gab es in der Kirche ein Orgelpositiv, das zur Messe von dem Herrn Oberlehrer gespielt worden ist, und es mag sein, daß Herr Peyfuß auch im geheimen komponierte und in den geheimsten Stunden auf dem Instrument phantasierte. Ich aber glaube, daß Überheblichkeit dem Herrn Oberlehrer fernlag, und er hat seine Kinder, die - wie damals üblich - in jungen Jahren starben, in einem humanistischen Sinn erzogen. Auf mich gekommene Poesiealben geben mit selbstgeschriebenen Sprüchen, säuberlichen Schriftzügen, Samtkissen und Bändern ein beredtes Zeugnis von der Kultur, von der Atmosphäre im Lehrerhaus mit schmucken, geputzten Fenstern, einem kleinen Alkoven und auf Spalier gezogenen Obstbäumen.

Es hat lange gedauert, bis von all diesen Dingen ein klein wenig in einen Menschen eingedrungen ist, der zwar um hundert Jahre zu spät auf die Welt gekommen ist, doch versucht, den Geist der vergangenen Zeiten zu verstehen. Es bleibt nur die Arbeit, das Gestern mit dem Heute zu verbinden. Auf jeden Fall erachte ich den Herrn Oberlehrer als Vorbild und Ahnherrn aller Familienpädagogik, ob es nun stimmen mag oder nicht. Unzählige Male habe ich das Antlitz, das aus dem verzierten Rahmen blickt, angeschaut und die überlegene Güte und Milde zu erreichen versucht.

Aber die Jugend ist kritischer geworden, das liegt am Wandel der Zeiten. Der Lehrer in Straning war noch Autorität, auch wenn er nicht so viel wußte, als die Leute gemeint haben. Aber in unserer Zeit muß ein Lehrer nicht nur seinen Lehrstoff, sondern auch auch etwas von Computerprogrammierung und Atomphysik wissen. Der Herr Lehrer in Straning mußte nicht sportlich sein, mußte keine Fußballresultate wissen nicht Jazzfan sein und brauchte auch keine gute Kondition, um mit den Jungen an Wandertagen Schritt halten zu können. Lehrer in der guten alten Zeit waren oft etwa kränklich, standen hüstelnd vor der Klasse, waren vom Zipperlein geplagt und endeten nicht selten am Krückstock. Unsere Generation muß gesund sein und darf sich das alles nicht erlauben. Man verlangt von uns eiserne Stimmbänder, Nerven wie Seile, Augen wie Häher und Luchse, Kräfte wie Samson, ein Aussehen wie Adonis oder der Apollo von Belvedere und ein Gerechtigkeitsgefühl wie die Justitia selbst mit verbundenen Augen und dem Schwert in der Hand. Der Herr Lehrer in Straning mußte das alles nicht in solchem Ausmaß besitzen, er durfte schlecht sehen, durfte sich vielleicht irren und konnte bestimmt mit einem kleinen Achselzucken über seine Fehler hinweg zur Tagesordnung übergehen.

Die morgendlichen Sonnenstrahlen umspielen das Bild des Herrn Oberlehrers aus Straning, das in meinem Haus an einer bevorzugten Stelle zu finden ist. Aber auch das Bild von seiner blonden, liebreizenden Tochter ist nicht in Vergessenheit geraten. Ihre Grabstätte wurde zur Familiengruft auf einem Wiener Friedhof, die auch noch deren Enkel aufnehmen sollte. Und diese waren meine Großtanten und Großonkel, die für mich die Verbindung zu der alten Zeit aufrechterhielten.

Das Klavierspiel meiner Großtante ist verstummt, auch das Orgelspiel in Straning ist verklungen. Aber ich glaube, wenn ich das Antlitz des Oberlehrers in der Morgensonne glänzen sehe, daß ich eine kleine Ahnung in mir trage vom Klang der Orgel in dem Dorf zwischen Krems und Stockerau und daß ein Funken Kulturbe-sessenheit in mir glost, der sich nicht nur in überschwenglich vergossenen Tränen beim Anhören von Tschaikowskis „Pathetique"-Symphonie äußert.

An meine Großmutter

Was hat den Blick dir schon so müd gemacht,
der unstet funkelnd sonst gescherzt, gelacht
in hellem Glanz?

Viel Schmerzen gruben tausend Falten
und auch des Schicksals unerbitterlich Walten
es traf dich ganz.

Doch siehst du nicht mehr uns're kleinen Sorgen,
dein zartes Leben kannst du uns nur mehr borgen
mit ganzer Macht.

Wie alt, doch gut, noch deine Hände sind!
In ihnen dir die Zeit verrinnt
mit halber Fracht.

Dein schwarzes Haar hat sich zu Schnee gewandelt,
während du darbtest und für uns gehandelt
mit ganzer Kraft!

Jetzt bleibt dir nichts, als nach dem Sinn zu fragen
und nach dem, der dir hat aufgetragen
zweifache Mutterschaft.

Pawel aus Prag und die Freiheit

Es ist schon einige Jahre her. Ein klappriger Autobus war das Verkehrsmittel, das Pawel aus seiner Heimat über die Grenzen hinaustrug zu einer anderen Stadt, zu anderen Sitten und zu Menschen, die in Freiheit zu leben das Vergnügen hatten.

Nach Wien kam er, nach Wien, das seine Reize hat, seine Prachtbauten, Monumente, Reste einer Stadtmauer und alte Basteien. Zu einer dieser Basteimauern, geziert mit Biedermeierhäusern und alten Giebeln, brachte der Autobus den Pawel aus Prag, der ausstieg, unsicheren Blickes um sich sah, ein wenig geblendet und eingeschüchtert. Wir, die Satten, traten ihm entgegen, nahmen ihn in unser Haus auf und versuchten zu schenken, zu geben, zu erklären.

Manchmal sah man Tränen in Pawels Augen. Wehmütige, verschleierte Augen. Und die Tränen kamen nicht immer aus dem Gefühl der Dankbarkeit, sondern vielleicht auch aus dem Bewußtsein der inneren Scham, aus den Gedanken des Vergleichs, denen auch Neid und Unzufriedenheit nicht fremd waren. Pawel ist in Prag aufgewachsen. Nur Grenzen hat er in seiner Kindheit gekannt. Wachtürme, Stacheldraht, rußige Schlote, Spruchbänder und Panzer am Wenzelsplatz, Arbeit und wenig Geld. Das Klappern der Schlüssel dröhnte in seinen Ohren, die das Wort Freiheit hörten und es aufnahmen, zuerst ohne den Sinn richtig zu erfassen. Erst später brannte es empfindsam in seiner Seele. Das spürte er, jetzt da er die Freiheit erlebte, ganz deutlich in seiner Brust.

Für uns waren es erlebnisreiche Tage, in denen wir das, was wir hatten, ein wenig mehr schätzten. Man dachte nach über den Überfluß und an all die Dinge dachten wir, die wir fast nicht benützten, die Pawel aber mit glänzenden Augen betrachtete.

Der Abschied war schnell und traurig. Pawel mußte sehr zeitig am Morgen wieder in den klapprigen Autobus steigen, dort an der Basteimauer, verstaute seine Geschenke und sah träumerisch zum Fenster hinaus auf all die sich umarmenden und aufschluchzenden Frauen in abgetragenen Röcken und Schuhen, die mit ihm wieder die Fahrt über die Grenze antraten. Ich, der ihn begleitet hatte, ließ mich von der Phantasie entführen. Auf dem Parkplatz steht das Denkmal für Wiens Bürgermeister Liebenberg, der während der Türkenbelagerung sein Amt ausgeübt und auch am Bau der Verteidigungsmauern kräftig mitgearbeitet hatte. Dann raffte in die Ruhr oder die Cholera, Seuchen, die sich im belagerten Wien ausgebreitet hatten, hinweg. Auf der Spitze einer klassizistisch zu nennenden Säule, halb Obelisk, halb Tempelsäule, befindet sich die Statue der Freiheit. Eine schöne Frau mit Flügeln und einem Füllhorn in Händen. Fast anmutig schwebend, soweit es die Gesetze der Statik zulassen.

Und diese Statue begann in der aufgehenden Sonne zu leuchten, zu glitzern, während die Straßen noch in tiefem Schatten lagen. Ein Symbol der Freiheit strahlte über diesem Morgen und fast glaubte ich, diesen Engel wirklich selbst fliegend über die Grenzen hinweg begleiten zu müssen, während der Autobus sich holprig in Bewegung setzte.

Gedanken zur Zeit irgendwo aufgelesen

...das nicht vergehe Erde und Heimat, faltet die Hände zum Gebet, verneigt euch gen Osten und harret aus!

...der Gebrechlichen Krücken lese auf, wo immer sie liegen - trage sie auf den Berg der Propheten und richte sie auf im Glauben selbst an das Unmögliche, daß eine Hütte daraus entstehe, größer aber als alle Paläste, in denen alle Hoffenden dieser Welt endlich sichere Heimat finden!

...Worte des Zornes aus den Katen der Armen, aus den Verliesen Entrechteter und den düsteren Zellen der zu Tode Gequälten erhöre und schreibe sie nieder, auf daß die Menschheit eines schöneren Morgens sich immer vor Augen halte, was hier auf Erden geschah...!

...Trage Kerzen auf die Altäre, laß sie brennen durch dunkle Nächte und gehe dann hin in die Welt der Bedrängten und leiste Hilfe, die Nöte beendet und Armen und Kranken zur Hoffnung wird! Nur so wird Nächstenliebe verwirklicht und bleibt kein leeres Wort auf der Zunge!

Felix Kerl

Wien 1

Wenn du das Glück hast, in Wien zu leben,
ist dir vom Schicksal schon sehr viel gegeben.
Denn du lebst in der Stadt, in der Grillparzer schrieb,
wo es Beethoven hinzog, der für immer verblieb,
wo Franz Schubert sein himmlisches Klingen verspürt,
das heut uns noch düsterem Alltag entführt -
einem Alltag, der dennoch die Geister beseelt,
die Wien zur Stadt ihres Schaffens wählt.

Du lebst in der Stadt, die das Heimweh erfand,
nach der im Herzen die Sehnsucht nie schwand,
in der Stadt, wo der Mensch im Lachen noch weint,
und der Tod mit dem Leben wie ein Freund sich vereint.
Drum ist Wien schon für sich eine Philosophie,
die wir wohl erahnen - erfassen doch nie...
So bleibt Wien für uns ein Geschenk für das Leben;
ein schöneres konnt' uns das Schicksal nicht geben.

Wien 2

Ist es Dein Schicksal in Wien zu leben,
hat es Dir alles und gar nichts gegeben.
Denn Du lebst in der Stadt, die sich selber nicht kennt
wo Dulliöh und Bahö man Gemütlichkeit nennt
wo der Mensch doch so gerne das Gestern verdammt
weil er, wie die Stadt, aus dem Vorgestern stammt.

Er will nicht das Heute, das Morgen ist weit -
er ist weder zeitlos, noch hat er je Zeit,
das Nein ist ein Ja, das Ja ist ein Nein,
am nächsten Tag könnt es ja umgekehrt sein.
So weint diese Stadt, durch den Frohsinn entsetzt,
weil sie, selbst im Lachen die Menschen verletzt
und was man als Frohsinn und Leichtsinn besingt
ist Schierling, den man dort aus Goldbechern trinkt.

So hat diese Stadt, die die Geister vertrieb
nur sich selbst und das goldene Wienerherz lieb;
und siehst Du dies Wien... ohne Flitter - und nackt -
klingt sein Requiem sogar... im dreiviertel Takt...!

Wien 3

Wien… dieses Wien… ist viel mehr als nur Stadt.
Wien ist ein Zustand,
so wie man ihn hat, nach tagheller Nacht ohne Schlaf
mit viel Wein,
wo man glaubt sich selber ein Fremder zu sein.
Wie einer der sich und die Freunde verlor,
weil er stets die falschen -
der Geister beschwor.

Himmelhochjauchzend -
zu Tode betrübt -
verspottet… besungen… gehaßt und… geliebt…
Wien im Gedicht und Wien im Gesang…
gestorben, erstanden, gesund oder krank?
So wird es:
zersungen, zerdichtet, zerpflückt
und ist ja doch allen Begriffen entrückt.

Denn Wien ist ein Zustand
aus Heimweh und Haß
es stirbt jeden Tag
und hat daran Spaß.
Im Leben verkannt, im Tode verklärt,
ist jegliche Deutung schon morgen verjährt,
Denn Wien… dieses Wien
entzieht sich dem Wort
und lebt eben deshalb - in sich selber fort.

Rosemarie Kienmandl

Die Sage vom Hergottsitz

Auf dem Gebiet von Etzmannsdorf bei Straning

Der Wanderer pocht an das mächtige Tor:
„Ich bitte um Obdach, ihr Ritter!
Mein Weg ist noch weit, und die Nacht steht bevor.
Und drohend naht sich ein Gewitter!
Dem Nächsten zu helfen befiehlt ein Gebot,
Barmherzigkeit lohnt ein barmherziger Gott,
Er wird sich auch euer erbarmen!“

Der Pförtner kommt schlurfenden Schritts voll Verdruß:
„Was soll das Geschrei und das Klagen?“
„Ich flehe um Herberg, weil rasten ich muß!“
„Zuerst muß den Herren ich fragen!
Wir lassen nicht gern solch Gesindel hier ein,
und schickt er euch fort, nun so soll es so sein,
dann müßt ihr wohl weiter noch wandern!“

Das Tor bleibt erschlossen, der Pförtner, er geht.
Die Burg lieget dunkel und stille.
Noch einmal versucht es der Fremde und fleht:
„Erbarmt euch, das ist Gottes Wille!“
Der Pförtner kommt wieder: „Es sei euch gesagt,
Geht! Trollt euch hinweg, ihr seid hier nicht gefragt!
Sonst hetz ich auf euch noch die Hunde“

Macht nun, daß ihr fortkommt!“ Er spricht es voll Hohn:
„Bin müde und gehe jetzt schlafen!“
Mit traurigem Blick geht der Fremde davon:
„Dafür wird der Himmel euch strafen!“
„Ob Himmel, ob Hölle, das macht uns nicht bang!
Denn beide sind ferne, das Leben ist lang"
Und wagt es nicht wieder zu kommen!“

Der Fremde setzt fort seinen einsamen Weg,
Die Trauer läßt langsam ihn gehen.
Dann quert er den Bach auf dem hölzernen Steg,
Beim Fels auf dem Berg bleibt er stehen.
Um Ruhe zu finden setzt er sich darauf,
Er sendet den Blick nun zum Himmel hinauf,
Wo düstere Wolken sich ballen.

Nun wendet er sich, von dem Winde umbraust,
Der Burg zu in bitterem Grimme.
Und furchtbar erhebt er die drohende Faust,
Gar mächtig erschallt seine Stimme:
„Vergebens hab ich bei euch Zuflucht gesucht!
Du warte, du Berg! Sei auf ewig verflucht!
Gott selbst war es, den ihr vertrieben!"

Gewaltig erhebt sich ein tosender Sturm.
Im Donner erbeben die Mauern,
Und Blitze umzucken den mächtigen Turm,
Als müßt er vor Grauen erschauern.
Das Wetter entlädt sich mit schrecklicher Macht,
Der Himmel verrät seine furchtbare Pracht.
Der Höllenschlund öffnet den Rachen.

Allmählich verebbt die vernichtende Wut.
Die Burg ist für immer verschwunden.
Am Fels, auf dem Gott, der Herr, hat geruht,
Den Abdruck dort hat man gefunden.
Und Wallfahrer kommen von weit her ins Land
Zur Kirche, die steht, wo die Burg einstens stand.
Die Ortschaft heißt „Wartberg" noch heute.

Kennen Sie Brüx?

Sie wollen wissen, wo Brüx ist? Suchen Sie nicht, Sie werden es nicht finden! Brüx gibt es nicht mehr!

Nach der Öffnung der Ostgrenzen wollten mein Mann und ich endlich die alte Heimat unserer Familien genauer kennenlernen, und wir unternahmen eine Rundreise durch Tschechien. Dabei las ich im Baedeker über Brüx, es lag auf unserer Reiseroute. Ich wollte es unbedingt sehen, ich mußte es sehen! Natürlich nicht Brüx; denn dort, wo einmal Brüx war, klafft eine tiefe braunschwarze Wunde in der trostlosen, einstmals blühenden Landschaft.

Brüx, eine Stadt aus dem Mittelalter, gibt es nicht mehr.

Es gibt Most, das an seiner Statt errichtet wurde: eine triste gesichts- und charakterlose Neubausiedlung ohne jede Ausstrahlung, gedankenlos hingestellte Kastenhäuser, nichtssagend, uninteressant und grau, inmitten einer Umgebung, in der die Farben grau und schmutzigbraun vorherrschen. Ansonsten vorwiegend kahle Bäume, die ihre dürren Äste anklagend zum meist bleigrauen Himmel recken. Manche haben doch ein wenig spärlich Grün bewahren können, als Zeichen dafür, daß es überall Hoffnung gibt. Dazwischen kümmerliches Gras, magere anämische Blumen. Leben hier die einstigen Einwohner von Brüx? Was denken, was fühlen sie? Anscheinend hat sie bisher niemand danach gefragt.

Wir, das heißt mein Mann und ich, stellten unser Auto auf einem weit abseits der bewohnten Häuser gelegenen, völlig leeren, überdimensionierten und daher umso deplazierter wirkenden Parkplatz ab, der zu einer Fabrik gehört haben mochte. Sogleich tauchten einige Kinder, die in ihrer Erscheinung genau in diese Gegend paßten, auf. Ich konnte mir nicht vorstellen, woher sie so plötzlich gekommen waren und empfand heftiges Mißbehagen bei dem Gedanken, den Wagen unbeaufsichtigt zurückzulassen, befand sich doch unser gesamtes Reisegepäck darin, und hatte man uns doch eindringlich vor Diebstählen, die in dieser Gegend häufig vorkamen, gewarnt. Später habe ich im Gedanken Abbitte geleistet für mein Mißtrauen. Wir waren für die Kinder dieser Gegend einfach eine Sensation. Fremde, Touristen, so etwas Exotisches sahen sie nicht alle Tage!

Denn was sollten Touristen auch hier sehen wollen? Vielleicht Brüx? Es mußte dem Braunkohlentagbau weichen, dem Abbau einer Braunkohle schlechtester Qualität, deren Verbrennung Gift in die Luft entläßt und alles kontaminiert, was von ihrem Atem berührt wird, und nahezu alle Einwohner von Most sind hier beschäftigt.

Übriggeblieben ist nur die Marienkirche, aber wie! Dieses Juwel spätgotischer Baukunst aus dem 16. Jahrhundert wurde vom kommunistischen Regime nach langem Zögern als einziges Gebäude der Stadt für erhaltenswert befunden. Die absurdesten Ideen wurden erwogen und wieder verworfen. Zum Beispiel, das Erdreich ringsherum abzugraben, den verbleibenden Pfeiler, der die Kirche tragen sollte, mit Beton zu befestigen und das Bauwerk über einen Steg den Besuchern zugänglich zu machen.

Das hätte jedoch dem übrigen Konzept widersprochen, denn man kann sich als Tourist der deprimierenden Grube gar nicht nähern, nur von einem etwas abseits gelegenen Aussichtsturm aus ist sie zu sehen, ansonst verhindert ein kilometerlanger Zaun jeden unbefugten Zutritt.

In einer aufsehenerregenden einzigartigen Aktion hat man das kostbare Innere der zerbrechlich wirkenden Hallenkirche gesichert und das gesamte Bauwerk im Oktober 1975 auf Schienen um 841 m versetzt. Bis drei Zentimeter pro Minute näherte sich das seltsame Gefährt seinem neuen Bestimmungsort. Der Turm wurde wie die Tempel von Abu Simbel zerlegt und an seinem angestammten Standplatz neben der Kirche wiederaufgerichtet. Daneben befindet sich noch eine zweite kleinere, anscheinend ebenfalls gotische Kirche, die nicht für erhaltenswert befunden worden war, halbverfallen mit leeren Fensterhöhlen wie die umgebenden Fabriksgebäude, unter denen die Marienkirche wie eine einsame Blüte auf einem Schlackenhaufen wirkt.

Wir haben diese Blüte besichtigt. Der Anblick der lichtdurchfluteten Halle mit ihrem filigranen Kreuzrippengewölbe vermittelt einen unvergeßlichen Eindruck. Wie Arbeiten aus feinstem Augartenporzellan scheinen die Rippen frei zu schweben, sie berühren Pfeiler und Decke nur an ihren Eckpunkten. Der Meister Jakob von Schweinfurt brachte das Kunststück zuwege, den Stein schwerelos wirken zu lassen. Der Hochaltar befindet sich nicht am Ende, sondern etwa in einem Drittel des Mittelschiffes und kann frei umrundet werden. Vom Chor ausgehend verläuft ein Fries rund um das Hauptschiff, das eine im naiven Stil ausgeführte buntbemalte Biblia Pauperum zeigt.

Es gibt kein Gestühl mehr in der Kirche, auch die Seitenaltäre wurden leergeräumt. In den Nischen werden sakrale Kunstwerke aus allen möglichen anderen abgerissenen oder geplünderten Kirchen ausgestellt. Man muß nicht religiös sein, um die Entweihung dieser Stätte mit fröstelndem Mißbehagen zu fühlen.

Im Bestreben, alle ausgestellten Objekte genau zu sehen, vor allem die Gemälde, die kaum zu erkennen sind, die, da schlecht plaziert, stark spiegeln, durchbrach ich einige Male den sicheren Lichtschranken, was ohrenbetäubende Signale und einige Unruhe beim Museumspersonal auslöste. Doch da uns ständig eine streng blickende, mit dem Charme einer Gefängniswärterin ausgestattete Aufseherin folgte, die meine lauteren Absichten erkannte, blieben wir bis auf ihre finsteren Blicke unbehelligt.

Im Vorraum wollte ich dann, den Tränen nahe, ein Buch über Geschichte und Baukunst der Kirche erstehen. Die Gefängniswärterin zeigte ihr freundlichstes Lächeln und reichte mir das einzige Buch, das sie anzubieten hatte: ein Elaborat über die einzigartige Großtat der kommunistischen Ingenieure. Sie konnte nicht verstehen, daß es nicht das war, was ich wollte. Als ich dann nur eine Postkarte kaufte, die das Kircheninnere zeigte - vom Äußeren und der Umgebung hatte ich selbst genug Aufnahmen gemacht - bot sie uns ihren letzten Trumpf an: Im Keller - ja sie sagte Keller - gäbe es noch eine Ausstellung über die Geschichte der Umgebung, und dort könnten wir auch einen Videofilm über Brüx, die Kirche und ihre Versetzung sehen.

Beim Verlassen dieser letzten Sehenwürdigkeit war ich so bestürzt, daß ich kein Wort herausbrachte, doch mein Mann sprach spontan seine Meinung aus:

„Bestrafen sollte man sie alle dafür!“

Alice Kirner

Österreich

Land der Städte und Dörfer
in blauweißen Bergen.
Eingebettet in Tälern,
die Jahrhunderte alte Geschichte atmen.
Land, dessen Ahnen Blut
Weizen- und Roggenfelder tränken,
das aus Europas Urwäldern
eine Kultur entstehen ließ,
die bis ins Heute reicht.
An den Ufern großer Ströme
trägt es in sich die Stärke,
die aus Niederlagen Siege
und aus Kraftlosigkeit
Größe gewinnt.
Mit Engelsgeduld
trotzt es den Mächtigen
und gebiert immer Neues.
Aus wundergeschliffenem Fels und Stein
der übergeschichteten Zeit
erzählt es seine alten Sagen
und singt seine unsterblichen Lieder.

Thermen

Erdeinkehr -
Aus der Erde Dunkel
rauschen heimliche Brunnen

Heilende Wasser
rieseln aus verborgenen Quellen
erquickenden Daseins

Aus dunkler Kühle
trinkt der Mund
erfrischende Labsal

Aus innerer Welt
löst sich das Befreiende
und wird zum Tempel der Wiedergeburt

Alltag

Lachen ist gesund. Es löst deine überanstrengten Nerven. Eine Entspannung tritt ein. Es glättet das Gemüt. Fröhlichkeit heilt alle Leiden. Wenn man heiter an ein Problem herangeht, wird es leicht bewältigt. Mit Freude schreite in den neuen Tag und du wirst dich gut und ausgeglichen fühlen! Lauter Schlagworte eines gutgemeinten psychologischen Vortrages. Doch die Wirklichkeit sieht anders aus.

Wenn man frühmorgens erwacht und als erstes das Radio, unsere beste Informationsquelle, einschaltet, wird man erdrückt von den neuesten Nachrichten:

Revolution auf den Philippinen, Terror im Fernen Osten, neue Kämpfe im Süden, Überfälle auf Flughäfen, Mord auf der Autobahn, Vergewaltigung in der U-Bahn, Entführung eines jungen Mädchens, Einbruch in ein Juweliergeschäft:

Überfälle, Morde, Terror prägen das morgendliche Bild.

Man sitzt noch ruhig beim Frühstückstisch, ist noch entspannt, will einen neuen Tag beginnen, ist noch guten Mutes und hat die besten Vorsätze für den kommenden Tag. Man nimmt sich vor, ein Lächeln auf den eigenen Mund zu setzen, aber der Versuch mißlingt. Das Lächeln verzieht sich zu einer Fratze. Nach all diesen Meldungen und Schreckensnachrichten steigen alte Ängste auf und das Weinen sitzt einem in der Kehle. Die Freude, die in dir und aus dir leuchten sollte, erlischt - die nackte Existenzangst tritt hervor. Vorbei ist das Lachen, die eigene Gelöstheit, und wieder bricht ein Tag an mit seinen Anspannungen, die zu neuerlichen Verspannungen im seelischen Bereich führen. Lustlos sieht man die anderen Leute, die ernst und griesgrämig zur Arbeit eilen und kein freundliches Wort füreinander kennen.

Hier nützt kein Vertrauen in das Lachen und die Freude an sich. Worüber soll man sich denn freuen? Über all den Schrecken in der ganzen Welt, der uns schon am frühen Morgen in geballter Form auf nüchternen Magen frei Haus geliefert wird?

Manchmal hat man der Verdacht, als wenn der Teufel selbst hinter diesen Mitteilungen säße und mit hämischem Grinsen und höllischem Gelächter das eigene Lachen, die eigene Fröhlichkeit uns mit Gewalt austriebe.

Einseitige Informationsmethode mit modernen Mitteln! Kern der Radionachrichten: Konzentrierte Gewalt. Gehört und nachempfunden löst sie in uns neue Emotionen aus, die uns das Lachen vergehen lassen.

Im Schilf

Die Luft war regengeschwängert und schwer vom Düften. Unter dem dunstenden Wolkenhimmel verströmte sich ein Gefühl von Weite. Riesige Schilfmassen dehnten sich in den trägen See. Über graubraunen hohen Kerzen mit ihren lanzenartigen Blättern strich sachte eine Brise und brachte sie zum Wogen.

Doch plötzlich verstärkte sich der kühle Wind und wurde zum Sturm. Knatternd und aufheulend brach er ins Schilf und peitschte es auf und auseinander.

In der verborgenen Tiefe lag ein einsames Boot. Versteckt vor der äußeren Umwelt kauerte darin ein Mann. Geduckt und scheu schaute er nach dem Himmel, den er vor sich erblickte und den ihm das Schilf freigab. Regen schlug auf ihn herab.

Voll Angst spähte er um sich und sah auf einmal seine Flucht über die rettende Grenze entdeckt. Er wollte es nicht wahrhaben, daß das hereinbrechende Gewitter der Grund sein sollte, daß er im letzten Augenblick gesehen wurde.

Von weitem näherte sich ihm ein Patrouillenboot von der Seewacht und nahm in den aufschäumenden Wellen Kurs auf ihn. Jetzt war er verloren, war sein Gedanke. Er mußte unentdeckt bleiben. Mit letzter Kraft legte sich der Unbekannte in die Ruder, teilte vor sich die dichte grüne Wand und tauchte noch tiefer in das schützende Schilf, das sich barmherzig um ihn schloß.

Noch einmal vernahm er vom Patrouillenboot Stimmen und Kommandos, doch die Patrouille sah ihn nicht mehr.

Er war im Schilf und im aufsteigenden Nebel verschwunden.

Entkommen oder gerettet - vor wem? von wem?

Keiner wußte mehr etwas von ihm. Er kam aus dem Nichts und entschwand wieder in das Nichts.

Erhard W. Knoll

Alte und neue Heimat

Heimat. Was verbirgt sich hinter diesem Begriff?

Ist Heimat etwas Vorgegebenes, etwas, das uns automatisch durch die Geburt an einen Ort festbindet, durch Heimatschein unweigerlich dokumentiert?

Oder ist Heimat etwas Wandelbares, durch Emotionen veränderbar?

Ich bin in Wien geboren. Ist dies Wien nun meine Heimat?

Zuerst war es nur ein rauher Windstoß, eine Folge des Kriegsgeschehens. Wir wurden auf Lastwagen geladen, verschickt zum Schutz vor Bomben, aufs Land. Zusammengeworfen mit Schülern anderer Gymnasien. Es änderte auch der Begriff: „Kinderlandverschickung" nichts daran, daß wir eben verschickt wurden.

Man bekam Heimweh, nicht nach Wien, sondern nach den Menschen, in deren Kreis man aufgewachsen war.

Dazu trug bei, daß man nun in eine nicht selbst ausgesuchte Gemeinschaft hineingestellt wurde - Tag und Nacht, Woche für Woche.

Hier hatten die Herzlichkeit und Zuneigung keinen Platz. Die Stärksten, die Angeber hatten das Sagen. Die anderen mußten kuschen.

Sicher weiß ich: Gemeinschaft, die gezwungenermaßen zustande kommt, züchtet Gemeinheit. Das war also keine neue Heimat.

Ich kam wieder heim zu den Meinen. Nicht lange, denn der Windstoß, der mich vormals weggeweht hatte, wurde zum Sturm. Er brauste über uns alle hinweg, er riß meinen Vater mit seiner Dienststelle mit, nach dem Salzburgischen. Es riß meine Mutter, die alte Großmutter und mich in der Folge in die gleiche Richtung, wußten wir glücklicherweise, wo das Ziel meines Vaters lag. Auf einem offenen Anhänger, von einem Traktor gezogen, mit dem wichtigsten Handgepäck, „tuckerten" wir Richtung Westen. Es war Nacht, der Himmel wurde von sogenannten „Christbäumen" immer wieder taghell erleuchtet. Maschinengewehrsalven, das Donnern von Geschützen in der Ferne, war die eherne Begleitmusik. Endlich, nach mehrstündigem Warten - der Verkehr war angehalten worden - verließen wir Wien. So tief war meine Müdigkeit, daß ich nicht einmal wach wurde, als ich über die niedere Bordwand des Anhängers in einen Bombentrichter, dem der Fahrer jäh auswich, stürzte. Ich schlief auch weiter, als man mich von unten heraufholte. Wir wußten nicht, daß wir bereits durch russisch besetztes Gebiet fuhren.

Zeitsprung.

Nach mehreren Tagen kamen wir an, wir waren wieder vereint. Zuvor einmal zwei Nächte auf einem Dachboden. War das nun meine neue Heimat?

Polizeilich angemeldet waren wir „displaced person", keine „natives" - Eingeborenen.

Zeitsprung.

Der Krieg war zu Ende.

1945. Mein Vater schickte mich auf die Kunstgewerbeschule nach Linz. Meine Eltern verzichteten auf alles, und trotzdem wog ich nur 48 kg.

Es vergingen Jahre mit Ausbildung und ersten beruflichen Anfängen.

Hier fand ich eine neue Heimat, eine Heimat mit Menschen, die mich mochten und ich sie. Ich verspürte keine Sehnsucht nach Wien.

Seitdem weiß ich: Heimat ist dort, wo wir auf Menschen treffen, die wir lieben.

Auch wenn ich viele Jahre später wieder nach Wien zurückkam, eine Familie gründete, und so wieder zurück in die alte Heimat fand, ich denke immer noch an die Menschen, die mir in Linz das Gefühl des Zuhauseseins gaben.

Der Sturm hat sich schon lang gelegt. Inzwischen sind über 40 Jahre vergangen. Erst jetzt lerne ich auch dieses Wien mit seinen Menschen verstehen. Ich habe Menschen kennengelernt die ich liebe, die ich schätze. Sie sind mir Heimat, und das Wien selbst, die Stadt, das Umfeld, beginnt allmählich nach meinem Herzen zu greifen und zu flüstern:

„Ich bin deine Heimat“

Eva Pultke-Sradnick

Herz, Hand und Heimat

Über fünfzig Jahre sind seit dem Verlassen meiner Heimat vergangen. Dort, wo früher wogende Kornfelder lagen, ist heute Steppe. Es ist ein unvorstellbar verkommenes Gebiet, trostloser als das letzte der vergessenen russischen Dörfer. Es ist eine so wenig hoffnunggebende Landschaft, an der aber immer noch mein Herz hängt, denn ich bin dort geboren und verlebte am Strand der Ostsee eine schöne und unbeschwerte Jugend.

In einem zum Schiffchen gemachten Kopfkissen, in dem meine am Tag vorher geborene Tochter lag, wir kamen aus der Klinik, verließ ich Ende Januar 1945 meine ostpreußische Heimat, dessen Hauptstadt Königsberg ist. Ich floh aus dem Land Ostpreußen, welches dem Staat Preußen einst seinen Namen gab, einem Land mit 750-jähriger deutscher Geschichte. Der Geschützdonner der Russen und die ihnen weit vorauseilenden Horrormeldungen, die alle heute im Fernsehen gezeigten Brutalitäten in den Schatten stellen, ließen uns keine andere Wahl. Gepäck hatten wir kaum, nicht einmal die notwendigsten Papiere, denn der russische Angriff auf das Samland hatte erst am 20. Januar begonnen. Seit Tagen gab es keine telefonischen Verbindungen mehr, die Straßen waren mit Militärfahrzeugen, Pferdefuhrwerken, Frauen mit Kindern, Alten, Kranken und Lahmen verstopft.

Unser Zug, es war der letzte vorhandene, ohne Fensterscheiben, brauchte bis zur 30 km entfernten Seestadt Pillau 20 Stunden. Die kleine Hafenstadt war schwarz von Flüchtenden und glich einem Lager ausgemergelter, hilfloser Menschen, schreiender Kinder und verzweifelt suchender Mütter. In den glanzlosen Augen stand die einzige Frage: „Warum?“

Von Pillau aus wurde eine in der Geschichte noch nie dagewesene Hilfsaktion gestartet: Die Marine rettete in einem Zeitraum von 115 Tagen unter schwersten Bedingungen, bedroht von Granaten, Minen, Torpedos und Bomben nahezu drei Millionen Menschen aus den deutschen Ostprovinzen. Es gab keinen anderen Weg mehr als über die Ostsee, denn Ostpreußen war durch den Versailler Vertrag vom Mutterland abgetrennt. Die Leistung der Soldaten nach 5 Jahren Kriegsgeschehen war enorm. Es wurde ihnen von der Landesregierung oder anderer Seite bis heute nie dafür gedankt.

Um auf das Festland zu gelangen, gingen Tausende über das Eis des Frischen Haffs, das ständig von russischen Jagdfliegern bombardiert wurde. Das aufgerissene Eis verschlang Menschen, Pferde und Wagen. Die Kolonne ging weiter, wie ein Trauerzug mit verhängten Zügeln.

War es ein Wunder oder nur Glück, wir wurden am nächsten Tag von dem Handelsschiff „General San Martin“ an Bord genommen. Drei Tage dauerte die stürmische Seefahrt bis Swinemünde, mehrfach unterbrochen vom Stillstand der Maschinen wegen U-Boot-Gefahr. Fünf Tage später wurde die völlig überladene „Wilhelm Gustloff“ mit ca. 7.000 Menschen an Bord von drei russischen Torpedos zerrissen. Im April traf es die „Goya“ mit 6.000 Personen. Einige hundert konnten gerettet werden. Etwa 20.000 Ostpreußen fanden von Januar bis April 1945 den Tod in den Fluten. Aber die Welt blieb ungerührt.

Es folgten nun einige Jahre der Odyssee, vor allem bis die Familie sich wieder zusammengefunden hatte. Der Aufbau mit leeren Händen, es gab ja damals keine Unterstützungen wie sie heute üblich sind, war eine Herausforderung. Auch hier im Land hatten die Menschen viel verloren, und wer noch besaß wollte nicht hergeben, was zu verstehen war.

Anfangs hatten wir an eine Rückkehr geglaubt, wenigstens gehofft. Als Rußland und Polen sich jedoch unser Land teilten, vergaß unser Herz fast zu schlagen. Zum Glück ist der Selbsterhaltungstrieb des Menschen vorherrschend. Immer hat es in der Weltgeschichte unvorhergesehene Ereignisse und Kriege gegeben, aber die Vertreibung eines ganzen Volksstammes ist Völkermord.

Einen Ersatz für die Heimat gibt es nicht, wird sie aber so endgültig verloren, so muß man das Neue annehmen, sich einleben, neue Freunde finden und auch der Fröhlichkeit wieder Raum geben.

Trotzdem habe ich, jetzt nach 50 Jahren, immer noch Heimweh nach dem Land mit den hellen Birken, der Ostsee, den blanken Haffen und Seen, nach dem goldgelben Bernstein, mit dem ich spielte wie es andere Kinder mit Murmeln taten. Auch die Erinnerung an das brennende Königsberg mit seinem ehrwürdigen Dom und dem Schloß, in dem die preußischen Könige gekrönt wurden, an die 1544 gegründete Albertina-Universität, hier lehrte Immanuel Kant, macht mich immer noch traurig. Nichts existiert mehr, nur das Kantsche Grabmal und die Domruine sind Zeitzeugen. Königsberg ist eine völlig unpersönliche Fläche mit billigen Fertigbauten und Hochhäusern.

Wie kommt nun so ein altes Preußenmädchen dazu, bei den österreichischen Anthologien mitzuwirken? Es war die liebenswürdige Geste der österreichischen Autorin Marion Krafft-Ebing aus Graz, die mir diese Chance einräumte. Seit langen Jahren bin ich mit ihr verwandt. Im eigentlichen Sinne nicht mit ihr, sondern ihr Sohn und meine Tochter, ja, das Baby von damals, das im ersten Jahr nur durch Zähigkeit überlebte, sind ein glückliches Ehepaar. Er bot meinem Mädchen Herz, Hand und seine Heimat an.

Ich bin dankbar und überglücklich, daß meine beiden Töchter, die eine im Schwabenland und die andere in Österreich, jeweils eine so schöne Heimat gefunden haben.

Trotz allem sind mir die Berge fremd geblieben, denn wie ich schon schrieb, ich bin in großer Weite aufgewachsen. Gottes Welt ist aber überall schön.

Ein besonderes Erlebnis, welches mich tief berührte, war, als mein Mann und ich vor einigen Jahren das 200 Jahre alte weststeirische Bauernhaus, welches sich die Jungen als Refugium eingerichtet haben, für mehrere Wochen bewohnen durften.

Hier gibt es noch ländliche Einsamkeit pur, sogar mit einem weiträumigen Blickfeld über hügeliges Wiesengelände. Der nächste Bauernhof ist weit entfernt. Der Morgengesang, ein helles Jubilieren, wurde uns von den Vögeln aus Busch und Baum kostenlos dargeboten. Hasen und Rehe ästen ohne Scheu an Gräsern und Zweigen.

Weiße Wolken oder war es Morgennebel, lagen in der Frühe wie luftige Federbetten vor uns im Gras. Erst die zunehmende Sonne entließ sie in den klar-blauen Himmel. Aber auch kräftige und langanhaltende Gewitter ließen uns die Allmacht Gottes spüren.

Solch eine Idylle war für mich fast eine fremde Welt geworden. Ich fand hier aber sogleich eine Vertrautheit, die mich anrührte. Was konnte es sein, gab es doch hier keinen weißen Sandstrand und kein Meer? Ich brauchte nicht lange zu rätseln, es war die unglaubliche Stille, eine Stille, die man hören konnte. Hier lag die Verbindung zwischen meiner alten und der neuen Heimat: hier wohnte noch das Schweigen der Welt, das ich schon aus meinen Kindertagen kannte.

Trotz aller Schönheiten der Erde ist für mich jedoch nichts mit der Heimat vergleichbar, mit der Heimat, in die man hineingeboren wurde. Denn dort, wo sich Muttersprache, Mutterhände, das Wehen der Winde, das Säuseln der Blätter wie ein beschützender Mantel um ein Neugeborenes legen, dort werden auch immer seine Wurzeln sein und ihm immerwährende Lebenskräfte verleihen.

Elly Kwapil-Schneider

Die Heimat verloren

Als Kriegskind kam ich einst zur Welt,
ward nicht gefragt, ob's mir gefällt,
mein Mütterlein noch jung an Jahren,
kannte auch nicht des Kriegs Gefahren,
denn Liebe gibt's zu jeder Zeit,
obwohl sie manchmal bringt auch Leid.
Ich wuchs heran, doch mit den Jahren,
gab's wieder andere Gefahren,
die Heimat mußten wir verlassen,
wir Menschen konnten es nicht fassen,
vom Großelternhaus mußten wir geh'n,
ich war zu klein, dies zu versteh'n.
Die Grenzen zog der Völkerrat
gerade mitten durch die Stadt.
Klein ist unser Österreich nun geworden,
man nahm vom Süden und vom Norden
und blieben doch das Herz der Welt,
das Fremden auch so wohl gefällt.

Geliebtes Wien

Ich kenn viele Städte auf der Welt
und jede hat was, das gefällt,
doch keine ist so wie mein Wien,
es liegt halt was Besonders drin.
Ob man durch seine Straßen geht,
der leise Wind, den's immer gibt,
er selber ist in Wien verliebt.
Bist du allein in dieser Stadt,
sie hat etwas, was keine hat,
dazu die süßen Melodien,
verzaubern deinen Sinn.
Gehst durch Schönbrunn oder Belveder,
spazierst im Wienerwald einher,
der leise Wind, den's immer gibt,
macht auch dein Herz verliebt.

Heimatland

Ein wildromantisch Land,
wo meine Wiege stand,
wo meine Ahnen schufen,
für uns ein Heimatland.
Kein reiches, nein ein karges,
die Erd' war steinereich –
mit schwiel'ger Hand, so war es,
machten sie den Acker gleich.
Mit krummen Rücken Tag für Tag,
war nie zu Ende all' die Plag'.
Doch voll Hoffnung aufgeschaut,
für viel Mühe war der Preis –
wer ihn wohl zu schätzen weiß?
Nur der, der seine Heimat liebt –
sie nicht mit leichter Hand vergibt.

Österreichs Fahne

Fahne, wehe im Winde –
Fahne, du rot-weiß-rot –
Fahne, wehe und verkünde
vom Morgen- zum Abendrot.
Wo deine Völker wohnen,
wo sie schaffen und steh'n,
wo über Grenzen und Zonen –
sein Ruhm mög' nie vergeh'n.
Fahne, du sollst berichten,
von sturmbewegter Zeit –
Fahne, du sollst schlichten
der Völker Uneinigkeit.
So bist du uns zum Symbole –
flattere freudig im Wind –
Österreich stets zum Wohle,
ehrfurchtsvoll grüßt dich sein Kind.

Die neue Heimat

Wien ist mir zur neuen Heimat geworden, obwohl ich auch in der Jugend kurze berufsschulische Zeit hier verbrachte. Meine erste Heimat ist im nördlichen Waldviertel, wo ich die Kindheit verbrachte und auch noch viele Jahre. Daß ich einmal von hier fort muß, hätte ich nie gedacht. Auch unsere Kinder wuchsen noch hier heran. Doch durch die Versetzung meines Mannes mußten wir in die Großstadt ziehen, aus der auch mein Mann stammte. So waren wir nun hier daheim und man fügte sich darein. War auch manches nicht möglich, war mit der Zeit es erträglich sich daran zu gewöhnen und man vergaß sich zu sehnen. Nach einer vergangenen Zeit und liegt alles zurück so weit.

Möchte jetzt nicht vermissen mein so liebes Wien, in dem ich auch glücklich geworden bin. Habe seine Schönheit geseh'n und habe gelernt so vieles zu versteh'n. Bin hineingewachsen in diese Stadt, die mir auch viel gegeben hat und sie dafür bei jedermann loben kann.

Natürlich mehr im Erinnern wach und man spürt, es gibt kein Vergessen so ganz und gar, denn die Vergangenheit wird noch im Traume wahr.

Zum Nachdenken

Der Krieg hat viele Menschen aus ihrer Heimat vertrieben,
uns ist das kleine Österreich geblieben.
Auch in höchster Not haben wir es geliebt,
weil es für uns nur diese Heimat gibt,
in der wir geboren und auch weiter leben,
es wird für uns keine andere geben.
Auch Fremde fühlen sich hier geborgen,
nur überlassen sie uns auch ihre Sorgen.

Frieda Lammer

Alte Heimat - neue Heimat

Es bedeutet Glück, wenn ein Mensch seine Heimat nicht aus Not oder in lebensbedrohlicher Situation fluchtartig verlassen, wenn er in seinem Leben niemals seine Wurzeln brutal ausreißen und in eine fremde Erde verpflanzen muß. Selbst in der Hitlerzeit während des ärgsten Bombenhagels und der Besetzung durch die Siegermächte nach dem Zweiten Weltkrieg wollte ich meine Heimat - Österreich - nicht verlassen. Und sogar jetzt im Frieden freue ich mich, wenn ich nach einer Auslandsreise die Grenzen nach Österreich passieren und wieder heimkommen kann. Ein eigenes Gefühl der Geborgenheit, der Vertrautheit, der Sicherheit und auch der Erleichterung empfinde ich in diesem Moment. Das heißt also, daß ich aus persönlicher Erfahrung zwischen einer alten und einer neuen Heimat keinen Vergleich anstellen kann. Wohl aber kenne ich diese Problematik von Verwandten und Freunden, die aus den verschiedensten Gründen ihre Heimat verlassen haben oder verlassen mußten.

Ich will vier Beispiele in chronologischer Reihenfolge anführen:

1) Einen Ausschnitt aus der Lebensgeschichte meiner Tante, der Schwester meiner Mutter, die neunzehnjährig im Jahre 1912 zu Verwandten nach New York reiste, um Sprachen zu studieren und nach drei, vier Jahren in ihre Heimat zurückzukehren. Doch „der Mensch denkt und Gott lenkt". Der Ausbruch des Ersten Weltkrieges dürfte der Grund gewesen sein, daß sie länger als geplant in Amerika bleiben mußte. Jedenfalls erhielt die Familie nach diesem Krieg von der Tante einen Brief, in dem sie mitteilte, daß sie in einen Dominikanerinnenorden eingetreten sei und daher nicht mehr in die Heimat zurückkehren könne. Sie bat um Verständnis, daß sie ihrer Berufung gefolgt sei.

Nach verschiedenen Stationen ihres Ordenslebens und dem Abschluß des Studiums in ihrer neuen Heimat wurde sie Lehrerin an einer Highschool zuerst in den Fächern Deutsch und Kunstbetrachtung, später in den Fächern Latein und Kunstbetrachtung.

Im Jahre 1972, nach genau sechzig Jahren ihrer Emigration, konnte sie auf Einladung der Familie das erste Mal in Begleitung einer ihrer ehemaligen Schülerinnen, einer Josefsschwester, ihre alte Heimat besuchen. Sie war erstaunt über die unglaublichen Veränderungen in diesem Land. Ihr mehrwöchiger Aufenthalt in Wien war nicht nur für uns, sondern auch für sie ein großes Erlebnis, wie sie sagte. Ihre Mutter, die ihr ganzes Leben auf die ferne Tochter gewartet hatte, lebte nicht mehr. Die Ordensfrau stand nun im Gebet tief versunken am Grab ihrer Eltern.

Die Nachkommen der Familie kannten die „Klostertante" natürlich nur aus Erzählungen. Als eine „nachgeborene Nichte" stand ich als einzige mit dieser Tante seit meinen ersten Schreibversuchen brieflich in Verbindung. In diesen vielen Jahren entwickelte sich zwischen uns eine eigenartige tiefe Beziehung, ein Interesse füreinander, ein Wohlwollen, ja Liebe, was sie bei ihrem Abschied mir gegenüber folgendermaßen ausdrückte: „Kein Menschenkind kann in meinem Herzen einen solchen Platz einnehmen wie du." Ich werde diese Worte nie vergessen.

Zu dieser positiven verwandtschaftlichen Entwicklung dürfte auch meine Großmutter, also ihre Mutter, beigetragen haben, weil sie mir viel Schönes, Gutes aus Tantes Kindheit und Jugendzeit erzählt hatte, so daß ich mich mit ihr identifizieren wollte. Sie wurde mein fernes Vorbild.

Übrigens beschloß die Familie, die Tante einzuladen, bei uns in ihrer alten Heimat zu bleiben. Wir erkundigten uns bei der Äbtissin des Wiener Dominikanerinnenordens, ob dies überhaupt möglich sei. An sich wäre nichts dagegen einzuwenden, erklärte sie, doch wie sie die betagten Ordensfrauen kenne - die Tante feierte bei uns in Wien ihren 79. Geburtstag - betrachten sie ihre Ordensgemeinschaft als ihre Familie und entschlössen sich kaum zu einem solchen Schritt. Sie hatte recht, die Tante reiste planmäßig mit ihrer Begleitung zurück, nicht ohne herzlich für unser Angebot zu danken und etwas ratlos zu sagen: „Ich kann doch nicht einfach hier bleiben. Ich muß natürlich zurück." Der Abschied war uns allen nicht leicht gefallen, doch wir hofften auf ein Wiedersehen in ein, zwei Jahren.

Der erste Brief nach ihrer Rückkehr war voll des Dankes für die Familie und voll des Lobes für Österreich. Und zum Schluß stand der Satz: „Ja, wer das Heimweh kennt..." Also hatte sie noch nach sechzig Jahren (!) Heimweh nach ihrer alten Heimat!

2) Als nächstes Beispiel sei das Erlebnis eines Leiters einer chemischen Fabrik erwähnt, der als Jude und ausländischer Staatsbürger kurz nach dem Einmarsch Hitlers in Österreich mit seiner Ehefrau und seinem Söhnchen nach Südamerika auswandern mußte. Knapp vorher war er noch zum katholischen Glauben konvertiert, was ihn aber nicht davor bewahrte, seine Karriere in Österreich beenden zu müssen. Er hatte Österreich als seine Heimat betrachtet, sich hier wohl gefühlt.

Den meisten Angestellten tat es leid, ihn als Chef zu verlieren, da er nicht nur ein fähiger, sondern auch ein sozial handelnder Mensch war. Es muß ein furchtbarer Schock für ihn gewesen sein, als er wie aus heiterem Himmel das Schriftstück seiner Entlassung erhielt. Völlig zerstört wankte er aus seinem Büro.

Beim Abschied sagte er: „Wir werden in Brasilien Bananen essen, und hier werden die Kanonen krachen." Er sollte rechtbehalten. Damals glaubten nur wenige weitblickende Menschen mit Erfahrung an eine solche Wahrscheinlichkeit. Doch bekanntlich sollten schon am 1. September 1939 die Kanonen sprechen. Ganz abgesehen davon, daß als Nachfolger des alten Chefs glücklicherweise ein ebenso fähiger, gütiger Leiter des Werkes eingesetzt wurde, wodurch für die Bediensteten selbst zunächst kein Nachteil entstand, darf nicht verschwiegen werden, daß die kriegerischen Auseinandersetzungen eines Tages zum Ruin dieses Betriebes führten.

Als der frühere jüdische Leiter der Fabrik nach dem Krieg Österreich besuchte, konnte er feststellen, daß seine ehemalige Wirkungsstätte von seiner Prophezeiung direkt betroffen worden war und nicht mehr existierte. Sein Interesse galt nun den noch an diesem Ort vorhandenen Mitarbeitern, die er nach den langen Jahren der Emigration begrüßen konnte.

Es ist verständlich, daß sein Interesse an Österreich, wo er seine Karriere aufgebaut und eine sehr glückliche Zeit erlebt hatte, in all den Jahren der Emigration wachgeblieben ist, doch vermutlich nicht ohne ein gewisses Gefühl der Bitterkeit über die damalige Entlassung. Für ihn war es zu dieser Zeit ein Glück gewesen, daß er noch als Ausländer (Altösterreicher) galt, so hatte er keine Diskriminierung zu befürchten. Trotzdem wird er wahrscheinlich Österreich nicht mehr als alte Heimat angesehen, sondern in dieser Situation seine neue Heimat als die Mitte seines Lebens betrachtet haben, ohne Sehnsucht zurückzukehren.

3) Als nächstes Beispiel soll die Geschichte einer Freundin kurz geschildert werden, die nach dem Zweiten Weltkrieg als sechzehnjährige Schülerin einer Handelsakademie mit Mutter und Schwester aus Brünn vertrieben wurde. In einem dramatischen Fußmarsch über den berüchtigten Ort Porlitz, der als „Todesmarsch" in die Geschichte eingegangen ist, gelangten sie endlich nach Wien zu Verwandten, die sie aufnahmen, bis sie eine Untermiete fanden. Das Schlimmste an diesem Todesmarsch war die Tatsache, daß vor allem Kinder und alte Menschen, die den Strapazen nicht gewachsen waren, in den Straßengräben elend zugrunde gingen. Ein entsetzlicher Schlußpunkt nach diesem entsetzlichen Krieg.

Trotz aller fast nicht zu bewältigenden Schwierigkeiten fanden diese Vertriebenen in Österreich letzten Endes eine neue Heimat, in der sie als tüchtige Menschen vollkommen integriert wurden.

Nach Jahren zog es meine Freundin einmal in ihre alte Heimat. Sie suchte in Brünn jenen Stadtteil auf, der sie an ihre Jugendzeit besonders erinnerte; doch neben kurzen nostalgischen Gedanken an die schön verbrachte Kindheit im Elternhaus stieg Bitterkeit in ihr auf, und sie kehrte nach Wien zurück, glücklich darüber, nun österreichische Staatsbürgerin zu sein.

4) Abschließend sei noch auf eine bosnische Flüchtlingsfamilie hingewiesen, die im Jugoslawienkrieg innerhalb weniger Minuten ihr Hab und Gut verlassen und um ihr Leben laufen mußte. Sie landete in Österreich. Diese Menschen hatten nichts retten können, sie besaßen nur das, was sie am Körper trugen. Nach den üblichlichen Stationen der Behördenwege fanden sie mit der Zeit in Villach eine Wohnung. Der Versuch, ihr Haus in der Heimat nach den Kampfhandlungen wieder beziehen zu können, scheiterte, weil es von Serben besetzt wurde, die ihrerseits das eigene Haus ebenfalls nicht mehr zurückbekamen.

Die vierköpfige Familie bleibt nun in Villach, die Kinder gehen in die Schule, und die Eltern versuchen, durch irgendwelche Jobs ihren Lebensunterhalt zu verdienen. Den Verlust ihres Eigenheimes in Bosnien haben sie verschmerzen müssen. Österreich ist nun ihre neue Heimat geworden, der sie sich zu Dank verpflichtet fühlen.

Von vier Beispielen sind drei politisch- bzw. kriegsbedingte Katastrophenfälle, wobei die Leidtragenden völlig schuldlos ihre Heimat verloren haben.

Hoffentlich wird das bevorstehende Jahrtausend für alle Menschen ein Jahrtausend des Friedens werden! Gott gebe es!

Lucy Ludikar

Heimat

Was ist Heimat? Nicht leicht zu definieren - für manche eine Emotion, die ihnen die Tränen in die Augen treibt, für manche ein Anlaß, Spott und Abscheu Ausdruck zu geben...

Gewiß werden Menschen, die die Kindheit auf dem Lande verbracht haben, zu größerem Teil den Begriff Heimat kennen, als jene, die in 25stöckigen Hochhäusern aufgewachsen sind, aber auch dies ist nicht immer so, denn es gibt Menschen, die vom Land stammen, sich aber darüber nur abfällig äußern. Und es gibt andre, die in der Großstadt aufgewachsen sind und sie als ihre Heimat betrachten.

Der Begriff Heimat hat wohl engste Beziehung zum Gefühl und damit zum Heimweh. Und es zeigt sich immer wieder, daß die Menschen, die unter Heimweh leiden egal, ob sie Tausende oder nur dreißig Kilometer von der Gegend ihrer Jugend entfernt sind, immer wieder damit die Sehnsucht meinen, wieder die Wege gehen zu können, die sie als Kinder gegangen sind, an Hand der Eltern, mit Mitschülern und Freunden und die nach einem Besuch im sozusagen Zuhause zutiefst enttäuscht sind, weil es doch nur der Traum der Sehnsucht war, der sie zurücktrieb und daß die wahre Heimat sich mehr gewandelt hat als sie selbst...

So trägt man eigentlich die Heimat in sich, wohl bewahrt als Erinnerung, vergoldet durch die Empfindung des Damals, irreal und in uns doch lebendig, lächerlich in ihrer Überschätzung und bis ins innerste Herz berührend in dem Wert, den man ihr beimißt.

Meine Heimat? Das war ein Garten, die Eltern, die Großmama, die Hunde und Katzen, und, ein paar Schritte weiter, die freie Natur, Wald und Felder - alle Herrlichkeit auf Erden. Und dies alles lebt immer noch in mir, wenn des Morgens in der Großstadt die Amsel zu flöten beginnt, wenn die Bäume in den Straßen ihren Lebensablauf abspulen und wenn zwischen zwei Pflastersteinen irgendein armseliges, grünes Gewächs sich energisch hervormüht. Die Großstadt wurde mir nur allmählich Heimat. Und nur in ihren schönen Bauten, ihren Theatern und Kunstwerken. Aber was ist davon geblieben? Was wir liebten, wurde zerstört, erst von den Bomben und Jahre später von ihrer Seele her. Das Häßliche hat triumphalen Einzug gehalten. Die vertrauten einst !Kulturstätten! genannten Bauwerke wurden, man könnte beinahe sagen, entehrt, der positive, erhebende Geist, die holde Kunst gewaltsam vertrieben und übrig blieben bauliche Hüllen, die fremd und unharmonisch zu dem scheinen, was dort als Kunst und Kultur angeboten wird. Nein, diese Heimat wurde mir gründlich verekelt.

Aber Heimat, immerwährende Heimat, war für mich auch alles Schöne: vor allem die Kunst. Und wenn ich mich erinnere, wie mir Papa, als ich noch nicht in der Schule war, die Schönheit von alten Bauten aller Art erklärte, mir die Bilder vergangener Zeiten nahebrachte, wie mir Mama mit ihrem Klavierspiel und ihrer schönen Stimme den Zugang zur Musik wie durch ein wunderschönes Tor in einen Zaubergarten ermöglichte und wie schließlich die Kraft des Wortes mich erfaßte, umarmte und nicht mehr losließ – dann denke ich, daß ich hiermit die Heimat gefunden habe – eine Heimat, die mir niemand nehmen kann, denn sie liegt tief drinnen in meiner Seele, wie eingegossen. Und diese Heimat verdanke ich meiner Familie und Österreich. Denn die Natur, egal ob im Waldviertel, in den Bergen, an der Donau oder am jungen Rhein, das war für mich Österreich. Und ebenso die Kunst, von der Klassik bis heute, solange sie Kunst vermittelt und das Herz erfreut. Heimatliebe hat nichts mit Engstirnigkeit oder Chauvinismus zu tun. Man kann überall herrliche Werke bewundern, staunend und atemlos davorstehen und Gott danken, daß es sie gibt. Aber darüber werde ich trotzdem nie unsere österreichische Kultur vergessen, denn sie ist in Jahrhunderten unserer Geschichte zusammengeschweißt worden aus der Seele der vielen Völker, die einem alten Österreich eingebunden waren, und die ihr Bestes gegeben haben, um ihre damals große Heimat zu schmücken, mit ihren Werken, ihrem Können, ihrer Frömmigkeit und ihrer Aussage. Und dies Zusammentreffen von Germanen, Romanen, Slawen, Ungarn usw. hat uns eine herrliche, kulturell unsagbar reiche Heimat geschaffen, die, wie ich hoffe, keine zeitgenössische Unkultur zerstören kann. Und damit sind wir wieder beim Heimatbegriff: Vielleicht wird man sich im Alter erinnern, irgendwo einer seltsamen Blume, einem seltenen Wild, einem alten Bauwerk, einem Dom, einem Bauernhaus, Orgelspiel oder einem Gedicht begegnet zu sein und dies mit der Heimat in Verbindung zu bringen – aber wohl kaum daran, Gedärme und ihre Erzeugnisse ausgestellt gesehen zu haben oder einen schon morgen vergessenen und trotz allen Englischunterrichts nie verstandenen Schlager erlebt zu haben – dies erzeugt wohl kaum ein Heimatgefühl!

Beruflich war ich ein paar Jahre im Ausland, im ehemaligen Preußisch-Schlesien. Man sagte mir, es seien dort die Menschen ganz anders als bei uns. Warum nicht? Sie sind anders - aber ich bin immer und überall mit den Menschen gut ausgekommen. Es waren keine bösen Jahre für mich, es war auf künstlerischem Gebiet die Erfüllung meiner Träume - aber es war n i e meine Heimat. Nie jenes Gefühl der Verbundenheit mit jedem Stein, wie eben Zuhause. Und ich glaube, das ist Heimat. Leben kann man da und dort. Freunde trifft man überall oder nirgends. Aber Heimat ist Erinnerung. Und wenn sie uns genommen wird, glaube ich, kann man dies kaum verwinden.

Und wenn sie mit Gewalt, wie wir es erleben, umgemodelt, zerstört, fremden Begriffen ausgeliefert wird, dann fühlt man sich unglücklich und böse…

Wolfgang Madjera

Wie die Engel ...

Fred Rattinger war Journalist beim marktführenden, weitbekannten „unabhängigen Tagesjournal". Starreporter sogar. Ein ziemlich anstrengender Beruf. Und so kam er eines Abends wieder einmal ziemlich erschöpft nach Hause. Die Titelzeilen der Konkurrenz würde er im Bett durchsehen, und morgen stand wieder ein anstrengender Tag bevor.

Ach ja, seufzte er bei sich, nichts als Hader, Zank, Unfrieden... auch bei uns. Er dachte ein wenig nach...Weihnachtszeit war da, Weihnachtsfrieden oder ein wenig vor- oder nachher...wer nimmt es schon so genau. Etwas Milde anzusagen wäre nicht so unangebracht...

Ein sensationeller Auftrag von der Redaktion: Im weihnachtlichen Frieden hatte „Er", da „oben" einem Kurzinterview zugestimmt. Unfaßbar. Und dafür käme natürlich nur er, Fred Rattinger, in Frage. Aber es müsse sofort sein.

Wie elektrisiert machte er sich auf den Weg, an die Arbeit. Ein Jahrhunderterlebnis, der einsame Höhepunkt seines Lebens.

Und dann stand er auch schon vor „Ihm", der ihn im Kreis seiner Engel begrüßte.

Wo er herkomme...ja, ja, er wisse schon...Ein kleines Land, aber immerhin: Mozart, Franz Josef...und die Schwierigkeiten jetzt...ja, ja...

Wieso es solche Schwierigkeiten bei „Ihm" nicht gäbe?

„Bedenke, mein Sohn..."

vernahm Fred Rattinger

„...hier sind wir in der Ewigkeit. Sieh dich um: meine Engel, die treuen, verläßlichen Gefährten, jung und wunderschön...kein Altern, keine Ermüdung, keine Fragen der Altersvorsorge, der Pension, wie bei euch...keine Unruhen, Feindseligkeiten...wie die Engel sollt ihr sein..."

Fred Rattinger war verwirrt

„Ja, schon..."

stammelte er

„...aber wir haben doch andere Verhältnisse..."

„Meine Schuld?"

tönte es.

„Nun ja, aber du meinst...?"

zustimmendes Nicken

„Genau; aber auch, wenn du meinst, nur hier. Sieh dich bei dir nur etwas um. Ist nicht bei euch, eurem berühmten Zentralfriedhof, ein geradezu himmlischer Friede? Und hast du jemals gehört, daß die Gewerkschaft der Verstorbenen irgendwelche verderblich Forderungen oder Drohungen gestellt hat? Denk' einmal nach..."

Fred Rattinger geriet ins Schwitzen.

„Du meinst...willst damit andeuten...wenn hier alle Menschen mit Erreichung des Pensionsalters...in Deine Ewigkeit...auf die Friedhöfe..."

Er spürte einen Hauch von Nachdenklichkeit...

Das brutale Rasseln des Weckers brachte Fred Rattinger in die Wirklichkeit zurück. Spät war es schon.

Im Badezimmer ein nasser Waschlappen über das Gesicht - mehr gibt es nicht zu berichten; ein heißer Kaffee, die Zunge verbrannt, ein paar bröselnde Kekse...hustend die Stiegen hinunter...an der Ecke, in der Trafik die Morgenzeitung...hastig die Titelzeile wahrgenommen: „Pensionsstreit provoziert Neuwahlen“:

Ob er sich bei der Redaktion als nunmehriger Experte zur Verfügung stellen sollte...?

Morgen-Impression in Wien

Langsam zu Ende die nächtlich' Ruh
sagt das Rumpeln der Straßenbahn;
Stimmengewirr, und ein Hund bellt dazu...
es beginnt der Hektik Wahn.

Alltagstreiben, wie 's uns gewohnt,
doch vieles sieht man nicht:
Heime, Spitäler, wo unbelohnt
das menschliche Elend sich bricht.

Für manche beginnt erst jetzt die Nacht -
das Leben ist multinormal -
sie haben die Arbeit erst jetzt vollbracht:
sei's senkrecht, sei's horizontal.

Das Leben pulsiert, in Moll und Dur,
langsam werde ich munter:
Waschen, rasieren, die Zahnputztour,
und dann die Stiegen hinunter.

Es empfängt mich die Stadt, in der ich zuhaus,
wie auch meiner Väter Zeit;
und der Geist dieser Stadt ist noch lange nicht aus
auf dem Weg in die Ewigkeit...

Wiener

Er sitzt in der Sonn', der Frühling ruft
und ringsumadum ein Blühen und Duft,
schöner könnt's der Herrgott net machen,
doch der Wiener sitzt da…denkt an andere Sachen.

Die Nieren - au weh -, der Befund von der Frau,
was wirklich ist - ma waß net genau.
Seit vorige Wochn ist gschieden der Bua,
und a des Finanzamt gibt ewig ka Ruah.

Wo ma nur hinschaut, nix wie a Graus…
wann die Spatzen net warn - ma haltats net aus.
Von droben bei die Bam - die Wipfel schon grün…
siechst den Steffel und…a Stückl von Wien.

Charles Ernst Moeckel

Militärzeit

Im März 1944 wurde ich zur Wehrmacht eingezogen. Judendorf erwartete viele junge Menschen, die man zu Soldaten ausbildete. Zuerst folgte der Kasernendienst. Erlernung von militärischen Gepflogenheiten. Schuß mit der Waffe „Gewehr, Kimme und Korn!" Reinigung des Gewehrlaufes - wobei wir jungen Rekruten die Mißbilligung unserer Vorgesetzten oft am eigenen Leibe verspüren mußten. „Sie, Rekrut Maier!" Das soll ein sauberes Gewehr sein? Marsch zurück in die Reinigung! Die Waffe muß blitzsauber sein! Schließlich wollten wir doch nicht, daß durch einen Steckschuß der Feind an Blutvergiftung stirbt! - Es erfolgte dann das Bettenmachen. „In zwei Minuten muß sich die Liegestatt im ordentlichen Glanze zeigen. Das Leintuch gespannt, die Decke zweimal gefaltet, der Polster am oberen Kopfende sorgfältig ausgerichtet sein!" Weiter Einzelheiten möchte ich mir darüber ersparen! Tags darauf erfolgten diverse sportliche und disziplinäre Pflichtübungen und ein Geländelauf über einige Kilometer. So vergingen 6 Monate, bis der Tag anbrach, wo wir mit der Bahn in die Slowakei fuhren, um für den Frontdienst beim Heer eingesetzt zu werden. Als ich erfuhr, daß uns ein solcher bevorstand und wir an die Hohe Tatra verlegt werden, hatte ich plötzlich ein mulmiges Gefühl. Zufällig erkrankte ich einige Tage später plötzlich an Grippe und wurde ins nächstgelegene Lazarett eingeliefert. Dort erfuhr ich, daß alle gesundheitstauglichen Soldaten, gemäß eines Befehls des Oberkommandos, einen 300 km langen Fußmarsch in die Tschechoslowakei nach Chrudim antreten müssen. Da sich mein Gesundheitszustand inzwischen gebessert hatte, spielte ich mit dem Gedanken, wie ich meine Krankheit noch hinauszögern könnte. Da kam ich mit einem anderen maroden Soldaten ins Gespräch, der mir den folgenden Rat gab: „Einen Tag vor der üblichen Visite durch den Stabsarzt schluckst du etwas Schmierseife! Sie wirkt wahre Wunder!" Ungläubig über jenes Ansinnen befolgte ich dennoch seinen Rat! Die Messung ergab am nächsten Tag über 38 Grad Celsius! Das Glück war mir hold! Ich bekam einen einwöchigen Genesungsurlaub verschrieben, der mich mit dem Zug nach Wien führte. Als ich die Rückreise nach Chrudim antrat und dort eintraf, war jene Truppe - die den langen Fußmarsch angetreten hatte - noch nicht da! Ich wurde einer Schreibstube des Militärkommandos zugeteilt und mußte täglich für die Reinigung der Kanzleiräume sorgen. Da ereignete sich ein seltsamer Zufall, der eine Wende in meiner Rekrutenzeit einläutete! Eines Tages, beim Reinigen des Büros, belauschte ich einen Unteroffizier, der mit einem Gefreiten ein interessantes Gespräch führte. Beide standen vor einem Bild des Führers Adolf Hitler. Sie kritisierten seinen Namenszug auf dem Foto. Der Unteroffizier meinte, je senkrechter Adolf Hitler seine Unterschrift ausführt, desto früher wird der Krieg zu Ende sein…!

Zu jener Zeit lernte ich in der Ortschaft von Chrudim eine Wienerin kennen, die eine Eisenhandlung führte. Im Sinne eines Meinungsaustausches über den Kriegsverlauf erzählte ich ihr ahnungslos von jenem Gespräch der beiden Soldaten in der Schreibstube. Es waren keine 2 Tage vergangen, da mußte ich mich mit Stahlhelm und

Seitengewehr beim Leutnant der Truppe melden. Er erwähnte mir gegenüber jenes abgehörte Gespräch - das die Wienerin mich denunzierend sofort einer Dienststelle der NSDAP übermittelt hatte - er sagte: „wegen Ihres jugendlichen Alters wollen wir von einer Kriegsgerichtsverhandlung Abstand nehmen! Sie werden aber zu einer Strafkompanie versetzt! Daß ich eigentlich keine Schuld hatte, wurde mir damals nicht bewußt! Die Überweisung zu dieser Kompanie hatte auch ihr Gutes! Ich wurde so Teil einer aus alten und jungen Männern zusammengewürfelten Gemeinschaft, die aus strafrechtlicher Sicht keinen Frontdienst mehr ableisten durfte und nur die Schützengräben für die vom Feind zurückgeworfenen Truppen ausheben mußte. So kamen wir mit entbehrungsreichen Fußmärschen nach vielen Tagen nach Linz. Ein Glücksgefühl übermannte mich. Österreich, du hast mich wieder! Die Kriegslage hatte sich inzwischen verschärft. Die amerikanischen Truppen standen ungefähr 30 km vor Linz. Da wurde plötzlich die politische Parole verkündet: Eine Kampftruppe mit dem Namen: „Panzerjagdkommando", geführt von der SS, wird unter dem Ehrenschutz des Gauleiters Eigruber gebildet! Es hieß nun Freiwillige vortreten! Ich war noch nie besessen, um an so einer Sache Gefallen zu finden, aber mein sechster Sinn - in Österreich zu bleiben und nicht wie andere Soldaten in die Bundesrepublik Deutschland abgeschoben zu werden - gebot mir folgendes zu tun! Ich meldete mich freiwillig zu jener Kampftruppe! Einige Soldaten, die sich ebenfalls freiwillig gemeldet hatten, wurden dem Gauleiter per Handschlag vorgestellt!

Unsere Truppe unterschied sich in ihrer Zusammensetzung nicht wesentlich von der Strafkompanie. Soldaten jeder Schattierung, Hitlerjugend und Jungvolk erlernten im Schnellsiederkurs die Handhabung dieser Faustfeuerwaffe, auch Ofenrohr genannt! Unser Marschziel war die von Linz 30 km entfernte Ortschaft Niederwaldkirchen. Eine Truppenverpflegung gab es nicht mehr, und so wurden wir auf dem Weg dahin, von dem Lärm „donnernder Geschütze" der Fliegerflak begleitet, an Stelle der heeresüblichen Menagerie von ortgebundenen Bauernhöfen verpflegt!

Auf einer Wiesenerhebung gingen wir in Stellung. Einige Soldaten mit der Panzerfaust, ich mit einem Maschinengewehr! Schon in der Ferne konnten wir die Elitetruppen der Amerikaner mit zirka 50 Panzern erkennen! Zu einem Kampfeinsatz von unserer Truppe kam es aber Gott sei's gedankt nicht mehr; denn es hieß plötzlich: „Absetzen!" Wir warfen unsere Waffen auf den Geländeboden, liefen was das Schuhzeug hielt den Weg wieder zurück und ersuchten um Aufnahme bei den Ortsbewohnern! Mit einem Kriegskameraden verbrachte ich dann zirka 3 Wochen bei einem Bergbauern, wo wir uns mit etwas Feldarbeit das Essen und Quartier verdienten! Im Rundfunk hörten wir dann von der Kapitulation der Deutschen! Wir verließen daraufhin den Ort und marschierten ungefähr 30 km bis zum Auffanglager für Kriegsgefangene in Wegscheid bei Linz, das von den amerikanischen Truppen errichtet wurde!

Nachdem wir uns der Lagerordnung unterwarfen, erging nach einigen Tagen der Aufruf, es würden 500 Kriegsgefangene für Wäschereiarbeiten im KZ Mauthausen gesucht werden! In dieser Branche etwas versiert - meldete ich mich! Mit Lastwagen wurden wir nach Mauthausen geführt, wo ich – einer „Laundry" zugeteilt - an Expreß-Dampfmaschinen die Uniformen der Amerikaner bügelte. Die Verpflegung war sehr gut und wir bekamen in kurzen Zeitabständen auch Care-Pakete als lukullische Sonderration! Von den Berichten jener Greueltaten der SS konnte ich mich persönlich überzeugen. Ich sah die Gaskammer und Verbrennungsstätte des Krematoriums. Ein KZ-Insasse erzählte mir, daß er schon für das „Duschen" vorgesehen war, aus deren Brausen dann statt Wasser Giftgas ausströmte. Nur durch das Eingreifen eines SS-Mannes, mit dem ihn ein homosexuelles Verhältnis verband, konnte er gerettet werden. Als dann das russische Militär Mauthausen übernahm, wurden wir wieder ins Lager nach Wegscheid zurückgebracht! Nach dieser Zeit erfolgte dann endlich meine Entlassung aus dem Kriegsgefangenenlager! Die Heimreise auf Schusters Rappen nach Wien gestaltete sich dem Umstand entsprechend und wäre sicher ein Thema für eine weitere Anthologie...!

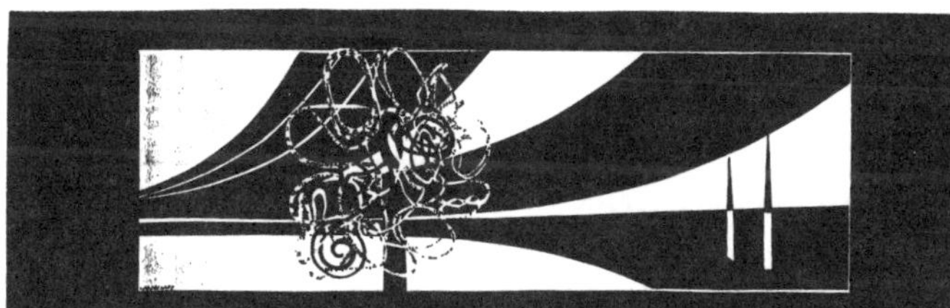

Brigitte Neumayer

Heimat

Es war eigenartig, immer wenn diese wunderschönen Herbsttage anbrachen, in denen es nachts schon empfindlich kalt werden konnte, die Sonne sich morgens nur zögernd aus einem Nebelschleier erhob, es sich aber am Tag kräftig erwärmte, in jener Zeit, in der man Äpfel und Zwetschgen erntete und viele Wespen herumschwirrten, mußte Margit besonders häufig an die Jahre denken, die sie mit ihren Eltern und Geschwistern in einem kleinen Dorf auf dem Lande verbrachte.

Es war eine Zeit, die sie besonders geprägt hatte und die sie ihr gesamtes Leben lang mit dem Begriff „Heimat" in Verbindung bringen sollte.

Inzwischen hatte sie längst eine eigene Familie, doch sie erinnerte sich gut an jenes wehmütige Gefühl, das sie jedesmal, wenn das Obst reif wurde, befiel.

Damals hatte es sicher mit dem Ende der Ferien zu tun. Die schönen Wochen des Trödelns und des Träumens waren wieder für eine Weile vorbei. Die Schule bedeutete Zwang und stundenlanges Sitzenbleiben für sie und das haßte sie damals schon.

Später spürte sie, wenn die Tage kürzer wurden, dasselbe Gefühl, eine Art Trauer, weil sich der Sommer wieder verabschiedete.

Lächelnd dachte sie zurück. Ihr Erinnerungsvermögen setzte ungefähr ein, als sie etwa vier Jahre zählte und mit ihren beiden Geschwistern, die um einiges älter waren, und natürlich in Begleitung ihrer Eltern im Dorf eintrafen. Sie waren schon damals mehrmals übersiedelt, das brachte der Beruf ihres Vaters mit sich. Ihre Eltern hatten in Peuerbach ein Häuschen gemietet, das sich inmitten einer Siedlung von Kleinbauern befand.

Das bedeutete eine unmittelbare Nachbarschaft mit vielen Katzen, Hühnern, Hunden und Schweinen. Es dauerte nicht lange, und auch sie waren stolze Besitzer von einigen Haustieren.

Besonders lustig war das im Winter, wenn die Temperaturen im Freien eisig wurden. Sie waren sehr tierlieb und holten zu Hund, Katze und Wellensittichen auch noch die Hasen und Hühner herein ins Haus.

Da ihre Tiere alle sehr zahm waren, war das für die Kinder ein großer Spaß.

Besonders tief prägte sich in Margits sensible Kinderseele aber ein Drama ein, das sich jährlich abspulte. Ein Nachbar, in dessen Garten sie von ihrem Kinderzimmerfenster aus guten Einblick hatte, ließ sein Schwein, das er von einem putzigen Ferkelchen bis zu einer fetten, runden Sau gemästet hatte, schlachten.

Margit verfolgte die grausige Tat zum Großteil vom Fenster aus. Obwohl sie tagelang kaum ansprechbar war und kein Fleisch und keine Wurst sehen konnte, schaute sie jedes Mal wie gebannt zu. Das Quieken der armen Geschöpfe verfolgte sie wochenlang.

Später war ihr klar, daß diese Szenen untrennbar mit dem Landleben verbunden waren.

Diese Jahre sollten die schönsten und eindrucksvollsten ihrer Kindheit bleiben, obwohl sie nur wenige Jahre in Peuerbach verbrachten. Hier lernte sie schwimmen und radfahren und machte mit sieben Jahren Bekanntschaft mit ihrer ersten Liebe, einem kleinen Burschen aus dem Nachbarort.

Margits Mutter begann sich in dem kleinen Nest, wie sie es nannte, zu langweilen, sie zogen in eine größere Stadt. Ein Teil von Margits Kinderseele blieb zurück.

Viele Jahre später sollte Margit durch Zufall in Schallerbach einen Kuraufenthalt verbringen. Das ist ein lieblicher Kurort, der in eine sanfte Hügellandschaft gebettet liegt und sie sofort an ihre Kindheit in Peuerbach erinnern sollte und ein warmes, heimatliches Gefühl in ihr aufsteigen ließ. Schließlich wußte sie „ihr" kleines Dorf ganz in der Nähe.

Heimat ist für mich dort, wo ich mich daheim fühlen konnte. Da ich schon so oft den Wohnort wechselte, habe ich immer einen Teil meiner Seele zurückgelassen. So wurde ich sozusagen splitterweise in Österreich verteilt. Vielleicht fühle ich mich deswegen oft so zerrissen? Am liebsten würde ich diese Teilchen zusammenfügen und endlich ein Ganzes sein. Mich daheim fühlen in mir, müßte das schön sein!

Brigitte Pixner

Meine Heimat ist eine Linde

Nie war ich irgendwo so richtig zu Hause...

– Mitten in Kriegswirren geboren, einmal dahin, einmal dorthin verschlagen, viermal aufs Land, zweimal in die Stadt. Zuerst mit den Eltern, dann, als mein Vater, kaum aus dem Krieg heimgekehrt, jung starb und meine Mutter krank, überlastet, zurückließ, schließlich bei den Großeltern „wohnhaft!"

Immer daheim - und doch nie zu Hause.

Keine Wurzeln, kein Heimat-Kontakt. Abgeschoben auf fremde Geleise. Grenzgänger, Irrläufer.

– Nur, wenn ich an die mächtige, fünfhundert Jahre alte Linde dachte, die, als wir drei Jahre lang im Ennstal lebten, vor unserem Haus die üppig belaubten Äste dem Himmel entgegenstreckte, majestätisch ins kühle, dunkelgrüne Wasser der Enns niederblickend, war mein „Heim-Weh" gestillt, spürte ich etwas wie Heimatgefühl.

... Wunderbar lindgrünes Licht ...

Da verstand ich es, das alte Lied vom Brunnen vor dem Tore, und für mich tauchten sie empor, der froschhäutige Wassermann und die kecken Nixen, die fröhlich mit luftigen Baumgeistern ihre Späße trieben.

– Unvergeßlich der Honigduft, wenn die Lindenblüten sich über Nacht öffneten! Welches Gesumme und Gebrumme von Tausenden Bienen, die auf der gierigen Suche nach Nektar waren!

Selbst die Mittagssonne guckt neugierig herab!

Oft und oft denke ich auch heute noch an meine wunderbar kräftige, herrlich rauschende Linde, m e i n e Linde, die im fremden Garten stand, mir nie wirklich gehörte. Dann streicheln mich heimlich ihre grünen Blätterherz-Hände, zärtlich, heimatlich.

Da singt das Wasser im Fluß.

Gertrude Pollerus

„Babička" und Großmutter Therese

Über meine nordmährische Großmutter, Terezia Kleibl, habe ich schon berichtet: meine Großmutter väterlicherseits, Mutter von vier Kindern, die sich gerne auf dem Dachboden über Büchern verlor und dann manchmal bei Mondlicht aufs Feld mähen ging, die jeden Sonntag den weiten Weg in die Pfarrkirche nach Meedl machte und hinterher den daheimgebliebenen Hausgenossen die ganze Predigt wiederholte, die selbst den 13 km langen Fußmarsch nach Hohenstadt nicht scheute, um ihrem dort studierenden Jüngsten, Richardla, wie sie ihn zärtlich nannte, Verpflegung zu bringen. Die von ihr gebrauchte Mundart wird heute kaum mehr gesprochen, sie ist zum Aussterben verurteilt.

Ich habe Großmutter Therese leider nie persönlich kennengelernt; sie, die Königslosner Bäuerin, scheute wohl eine so lange Fahrt, wagte sich nicht in die ferne Großstadt Wien, wo ihr Sohn - Kavallerieoffizier im Ersten Weltkrieg - schließlich als Ingenieur Fuß gefaßt und eine Familie gegründet hat. Dieser, ihr jüngster Sohn Richard, war mein Vater.

Sie ist noch vor Beginn oder Anfang des Zweiten Weltkrieges gestorben, mußte die Grauen dieses Krieges, die Tragödie des Sudetenlandes nicht mehr miterleben. Der Rest ihrer Familie aber - Großvater war schon lange tot und der Schwiegersohn auf der Wirtschaft kürzlich verstorben - wurde im Jahr 1946 wie alle anderen Verwandten und Nachbarn im Dorf ausgewiesen: Tanten und Cousinen fanden in Hessen und Bayern eine neue Bleibe, ein Cousin gelangte zu seiner Verlobten nach Wien, der andere war, gleich seinem Vater und Onkel (etwa 30 Jahre vorher), in den letzten Kriegsmonaten gefallen ...

Mir hat sich aus den Jahren in meinem mährischen „Ferienparadies" ab 1949 eine liebe Freundin erhalten: Mimi ist Halbdeutsche; sie hatte zehn Brüder und durfte bleiben. Wir pflegten ständigen Briefwechsel, und nach Beruhigung der Situation im Lande hat sie mich auch immer wieder zum Besuch eingeladen. Doch erst viele Jahre nach Kriegsende sollte ich mich dann endlich durchringen, diese Reise zu unternehmen, die Konfrontation mit der neuen Lage zu wagen. Mit Mimis Hilfe und der ihrer Familie ist es mir also gelungen alte Erinnerungen aufzufrischen, mein Kinderparadies von einst nach und nach, zumindest teilweise, zurückzuerobern.

Meine Cousine in München, sie ist zehn Jahre älter als ich, hatte meine Besuchsberichte gelesen, Fotos gesehen und auch von Leidensgenossen gehört, die sich nach dem Krieg in die alte verlorene Heimat gewagt hatten, und sie zögerte lange. Dann endlich, 1989, kam in der Tschechei die große Wende: Offener konnten nun die einst so gnadenlos Vertriebenen in ihren ehemaligen Wohngemeinden, in denen die Familie ihrer Ahnen, Urahnen über Jahrhunderte ansässig gewesen waren, willkommen geheißen und bewirtet werden - wenn auch jetzt hauptsächlich schon von einer jüngeren Generation.

So entschloß sich also auch Irmi zu dieser Reise in die Vergangenheit - sie wollte vor allem auch ihrer Tochter die Ursprünge der Familie zeigen. Mit dem Auto holten sie mich in Wien ab, und schnell wie nie zuvor gelangte ich so in mein geliebtes Altvaterland.

Wir wohnten bei meiner Freundin, die jetzt in einem Nachbarort ansässig ist und besuchten die ganze Gegend: die alten Städtchen und Dörfer, wir fuhren durch die schöne hügelige Landschaft. Freudig entdeckte meine Cousine die kleine Kapelle hier unter der prächtigen großen Linde, die sie in ihrer Schulzeit mit ihrer Klasse gezeichnet hatte. Der Meedler Friedhof wurde aufgesucht: Schon gibt es das Grab der Familie nicht mehr; ich hatte es vor einigen Jahren nach langem Suchen noch gefunden. Der Pfarrer öffnet uns voll Stolz die renovierte Kirche, in der Irmi trotz vieler Veränderungen doch noch Altes vorfindet: Die schöne Kanzel, zu der jetzt eine Metalltreppe hochführt; der Altar aus weißem Marmor - dahinter ein neues schlichtes Holzkreuz, eine hypermoderne Bildtafel, die stilisiert wohl die Sonne symbolisieren soll; da, noch ein hübscher steinerner Seitenaltar mit Engelsfiguren, darüber die Fensterrosette mit der alten Glasmalerei - die weiße Taube, den Hl. Geist verkörpernd. Und hier - Irmi begrüßte es freudig: Das Kommunionsgitter, eine Balustrade aus weißem Marmorstein, ist noch da, teilweise zwar abgetragen und versetzt wieder aufgestellt; daneben ein paar neue Betschemel mit rotem Stoffbezug - schließlich der Kreuzweg: schöne alte Ölgemälde, zum Glück unverändert!

Endlich landen wir im Heimatdörfchen und im Vaterhaus meiner Cousine, welches auch das meines Vaters gewesen war; es gehört heute einem Bruder meiner Freundin und seiner Familie. Seit 47 Jahren war Irmi nicht mehr in diesem Haus gewesen, und jetzt werden wir bewirtet in dem schönen großen Wohnzimmer.

Wie die meisten Häuser im Ort ist dieses nun kein rechtes Bauernhaus mehr - die Stallräume haben sich in großzügige Schlaf- und Kinderzimmer gewandelt - alles ist renoviert, ein kleiner Vorbau neu geschaffen.

Nur eines: Großmutters Ausgedinge, das freundliche Stübchen, ist nun eine Art Schuppen geworden, und Irmi bedauert das sehr.

Wie überall sonst nehme ich auch hier mit Interesse die Bibliothek des Hauses in Augenschein, und mir ist fast zum Jubeln zumute, als ich „Babička" („Großmutter" also), Božena Němcovás berühmten Roman, entdeckte. - Ein lieber alter Herr und Bücherfreund hat mir dieses Buch vor Jahren in französischer Übersetzung geschenkt, eine schöne solide Jugendstil-Antiquität aus dem Jahre 1900, erschienen in Paris; es hat mich gleich in seinen Bann gezogen!

Božena Němocová, geboren 1820 in Wien als Barbara Pankl, hatte eine Zeitlang die tschechische Schule besucht, ihre Kinderjahre in Ratibořice bei Náchod verbracht, wo ihre Eltern im Dienste der Fürstin von Sagan gestanden waren. Sie wurde siebzehnjährig mit dem um vieles älteren altösterreichischen Finanzbeamten Josef Němec verheiratet. Ihr Mann mußte, bevor er 1850 endgültig in den Ruhestand versetzt wurde, wegen seiner offen zur Schau getragenen tschechischen Gesinnung häufig den Dienstort wechseln, so lernte sie die verschiedenen Gegenden Böhmens und das Volksleben in seiner ganzen Breite und Vielfalt kennen.

Sie, vierfache Mutter, war die erste tschechische Frau, die sich für politische, soziale und philosophische Fragen interessierte und sich auch nicht scheute, darüber zu sprechen und zu schreiben. Im Revolutionsjahr 1848 war sie mit großem persönlichem Einsatz unter der Landbevölkerung politisch aktiv. Gestorben ist sie 1862 in Prag.

Ihre Arbeiten gehören zu den größten Schätzen der tschechischen Nationalliteratur. Mit „Babička" schildert sie die dörflichen Sitten an der böhmisch-schlesischen Grenze. Meisterhaft und mit viel Herz geschrieben, zeugt es von ausgezeichneter Beobachtungsgabe - ein Werk voll Humor und Melancholie!

Besonders beeindruckend und mir deshalb in Erinnerung geblieben, daß in der geschilderten Zeit Brot heilig war, niemals weggeworfen, notfalls höchstens verbrannt werden durfte. Und die Ähnlichkeiten mit dem Dorfleben, das ich noch kennengelernt hatte in der nicht allzu fernen Gegend: Als man zum Beispiel in eine andere Ortschaft übersiedelt, türmen sich auf dem Pferdefuhrwerk die dicken Federbetten auf. Auf den Betten *meiner* Tante Marie waren die Tuchenten gut einen halben Meter hoch; die Katzen lagen oft auf ihnen - verbotenerweise, versteht sich. Sie wußten das wohl und stoben davon, wenn man das Zimmer betrat, nicht ahnend, daß die tiefen Kullen sie ohnedies verraten würden ...

So stand ich eine Weile sinnend vor dem Bücherkasten, da kam mir ein Idee:

Wäre es nicht schön, wenn neben diesem Buch der Němcová eines *meiner* Bücher stünde? Das, ich dem *ich* über *meine Großmutter Therese* geschrieben habe, in dem sich auch ein Bild von ihr befindet. Eine Geschichte über sie und ein Photo von ihr in *ihrem Haus*, dem Haus, das sie und ihre Familie so lange bewohnt hatten.

Großmutter Therese gleich neben *„Babička"* - und so geschah es auch.

Wenn die belesene Terezia Kleibl das wüßte!

Königlosen, 1944 – 1978

Die alten Häuser stehen da
fast noch wie ehedem.
Und doch: Was ist seit jener Zeit
nicht alles schon geschehn!
Das Dorf, es döst in Sonnenglut,
und tief in fremder Erde
ruht so mancher, der es einst belebt.
In meiner Seele aber
ist nichts aus jenen fernen Tagen
ganz verweht:
Wie leises Atmen bebt in mir
schmerzlich lächelnd
die Erinnerung.

Robert Reigl

H E R K U N F T

G E B O R G **E** N H E I T

I D E N T **I** T Ä T

M U T T E R S P R A C H E

V E R T R **A** U T H E I T

V A **T** E R L A N D

Oh du mein Österreich !

Abends die staubigen Schuhe ausziehen
kurz unter die Brause,
den Eiskasten aufmachen
ein Bier nehmen
den Fernseher aufdrehen -
und den Musikantenstadl schauen.

家乡
HAZA
HEIMAT
РОДИНА
PAIS NATAL
HOMELAND
PATRIA
ZAVICAJ
KOKYO
ADHE
VLAST
MAMLEKAT
HEMLAND
MEMLEKET
GEBOORTEGROND
OJCZYZNA
PATRIE
DOMOVINA
DOMOV

Eleonora Rest-Hanel

Gelingt es, den Alltag zu vergessen? Ruhepause am Stephansplatz/Graben!

Ich sitze vor dem Haas-Haus, rechts von mir ist der Steffl. Ich war gerade im Dom und habe bei der Dienstbotenmadonna 2 Lichter angezündet. Jetzt schaue ich mit viel Interesse auf die vielen Menschen, die über den Platz schlendern.

Ein Knirps schreit, die Oma führt den leeren Kinderwagen. Auch ein Radfahrer schiebt sein Rad, denn es ist ja hier die Fußgängerzone! Er und sie, beide in mittlerem Alter, schlecken Eis. Es ist ein heißer „Sommertag", der 11. Mai! Ein Summen ist um mich herum, wie in einem Bienenstock. Ich denke zurück an eine Silvesternacht mit meinem Mann. Ferry wollte am Platz die Pummerin hören, doch die Böller krachten so laut, daß man die Schläge dieser herrlichen Glocke nicht hören konnte! Als die neue Pummerin wieder in ihren Dom zurückkehrte nach diesen unglücklichen Kriegstagen, durften wir auf den Stephansplatz hingehen, um dieses Schauspiel zu sehen. Als ich ins Amt zurückkehren wollte, war durch Polizisten mein Weg abgesperrt, und ich hatte Mühe, irgendwie in die Bäckerstraße zurückzufinden! Doch dann gehen meine Gedanken wieder in die Gegenwart. Man sieht viele junge Mädchen in schwarzen Kleidern, dies dürfte in sein! Viele Touristen halten ihren Fotoapparat schußbereit, die Geldtasche vorne am Bauch! Neugierig schauen sie um sich, froh und entspannt! Ein Liebespaar geht vorbei - wie schön war es damals - doch dies ist leider gewesen. Daß man wieder Dirndlkleider trägt, freut mich, denn ein Dirndl kann vom Kind bis zur Oma jeder tragen! Gesang tönt vom Graben her. Ein Blinder steht auf seinen Stock gestützt und singt unverdrossen seine Lieder in einer fremden Sprache. Eine Schale steht vor ihm, mit einigen Münzen darinnen. Da ein Mann mit schwarzem Bart, der wäre nicht mein Fall!

Ein kleiner weißer Hund schiebt eine Plastikschachtel vor sich her und freut sich an deren Geknirsche. So unbeschwert sein wie dieser kleine weiße Hund! Ein Hauch von Urlaubsfreude schiebt den langweiligen Alltag mit seinen Sorgen beiseite. Man mischt sich unter die Menschen, entdeckt immer wieder etwas Neues und freut sich des Lebens!

Jetzt führt mich mein Weg in die Spiegelgasse. Die Lesung wird durch gute Musik aufgelockert, und die Vorträge finden allgemeinen Beifall. Ich fahre mit Nora mit dem Lift zur U1. Am Schwedenplatz führt mich die Rolltreppe zur U4. Müde Gesichter umgeben mich nun. „Ob die einen Reim hersagen könnten, wenn ich sie fragen würde? Wer möchte noch Gedichte hören? Die Sendung des ORF machte uns Autoren wenig Hoffnung! Gedichte sind nicht in, wir sind in einer Zeit, wo nur Bilder gelten, vom Fernsehen angefangen bis zu den Bildern der Mickymaus! Der Bus ist auch bald da, und mit 6 Büchern gehe ich den Fellergraben hinauf. Ich betrete die Wohnung. Als ich den Außenzipp meiner Tasche öffne - oh Schreck - fehlt meine Geldbörse! Habe ich sie danebengesteckt? Bei meinen Augen kein Wunder! Oder war es auf der Rolltreppe?

Jedenfalls werde ich nie mehr so viel Geld in die Außentasche stecke. Mein schöner Urlaubstraum ist verflogen, ich bin enttäuscht und der Alltag hat mich wieder!

Unsre Heimat wunderschön
wir wollen sie gern achten,
lieben auch vom Herzen sehr,
voller Stolz betrachten!

Unsrer Sprache Mutterlaut
ist ein Jauchzen, Klingen,
ist für uns ein kostbar Gut,
gern wir schreiben, singen!

Haben einen Volksliedschatz,
der gehört gehoben!
Muttersprache lebe fort,
nur dies wär zu loben!

Unsrer Dichter Schaffenskraft
bleibe uns erhalten,
unsrer Hörer Freundesschar
Mut gibt zum Gestalten!

Menschen hier in unsrem Land
stark sind, ohne Klagen,
wußten früher und auch jetzt
wie man Leid kann tragen!

Wenn wir hier in unsrem Land
nicht zu Sternen fliegen,
unsrer Heimat Volk, Geschick
mög im Herzen liegen!

Mein Klosterneuburg

Du meine Heimatstadt im Kranz der Hügel,
du liegst darin, ein Kleinod bist du mir!
Der Wein er grünet prächtig an den Hängen,
und fleiß'ge Hände werken
bis daß der Traube Saft
im Fasse sich befindet!
Man pilgert hin und sitzt in kleinen Schenken,

der Wein im Glase er schmeckt wunderbar,
man trinkt mit Augen auch der Farbe Schönheit,
die Menschen hier, ja sie sind aufgeschlossen,
hier wohnt das Schöne, Geist und auch Kultur!
Doch ward Geschichte auch mit Blut geschrieben,
und Heilige regierten gütig unser Land!
Auch heute sind wir stolz auf unsre Bürger,
sie tragen weit hinaus Erfolg und Ruhm,
und deinen Namen, du geliebte Stadt!
Von außen kommen sie und sind geborgen,
die weit bekannt, berühmt sie finden Ruhe,
in diesen Mauern und Erholung auch!
DIE INDUSTRIE SIE HAT BEI DIR AUCH HEIMSTATT,
es wird gebaut und vieles noch geschafft,
ein reger Geist er herrscht auch in der Wirtschaft,
man sucht die Einigkeit in Rathaus und Gemeinde!
Man könnte über dich viel Bücher schreiben,
und ich bin stolz darauf, daß hier geworden,
ich bin in dir geborgen, so verwachsen,
wie alle Bäume, tief in Heimaterde!
Du meine Heimatstadt, ich könnt dich rühmen,
in Büchern auch, mit vielen hundert Seiten,
doch sag ichs jedem, der es hören will:
ICH LIEBE DICH, DU MEINE HEIMATSTADT!

Lied an die Donau

Ich bin kein großer Dichterfürst,
doch möcht ich dich besingen,
mein Lied, das ganz vom Herzen kommt,
zu deinen Lob solls klingen!

Du gingst schon einen weiten Weg,
bis du ins Land gekommen,
und hast auch bei uns alsogleich
viel Flüsse mitgenommen!

Einst hatte man auch große Not,
dich immer zu befahren,
doch zahmer wurdest du dann auch,
nach vielen, vielen Jahren!

Einst wohnten da auch Rittersleut,
sie lebten um zu rauben,
heut muß im schönen Donauland
der Steuerzahler daran glauben!

Die Nixen wohnten auch bei dir,
manch Schiffer mußte sterben,
das wunderbare Nixenlied
wurde ihm zum Verderben!

O wunderbarer Donaustrom
könntest uns viel erzählen,
als froh die Sissy auf dir fuhr,
um sich in Wien zu vermählen!

Und wenn man weit zurück noch denkt,
Türken, Franzosen geschlagen,
viel Not und Elend man überwand
viel Schweres war zu ertragen!

Und heute fahren Schiffe her,
mit vielen Gütern beladen,
am Strand von dir, o, Donaustrom
konnt ich im Sommer oft baden!

Und Brücken führen über dich,
die Ufer sie verbinden,
und Kraftwerke auf deinem Weg
von Tüchtigkeit uns künden!

O lieber guter Donaustrom,
wüßte noch mehr Geschichten,
ich könnte Jahre, viele noch
über dich weiterdichten!

Donau – Teil meines Lebens

Schon in frühen Kindheitstagen,
Eltern mit den Kinderwagen
fuhren durch die grünen Auen,
und ich durfte dich auch schauen
D o n a u !

Plantschte lustig in den Wellen,
kannt' die schönsten Badestellen
wieviel unbeschwerte Tage,
für die schönen Dank ich sage,
D o n a u !

Mit den Liebsten ging ich Stunden,
um beglückt auch zu erkunden,
was uns sagt das Wellenplauschen
Vogelsang und Windesrauschen
D o n a u !

Mit dem Schiff auf dir zu fahren,
das Erlebnis schon seit Jahren,
so zu schaukeln und zu träumen
Glück für mich, tats nicht versäumen,
D o n a u !

Leider muß ich jetzt auch klagen,
meine Füße mich nicht tragen,
doch dich noch mit Bus und Bahn
jeden Tag auch sehen kann
D o n a u !

Drum oh Fluß, mein Wegbegleiter,
du fließt ewig, ewig weiter,
auch wenn ich dann nicht mehr bin,
warst für mich nur Freud', Gewinn!
D o n a u !

Wir dürfen stolz sein!

Es ist ein gutes Land,
wohl wert, daß Ungutes man überwinde,
wir haben Schweres auch geseh'n,
der Blick nach innen sich in diesen Zeiten wendet!
Doch sehen wir dem Frieden auch entgegen,
mit Lächeln, und auch einem guten Wort!
Und es wird fließen durch das dunkle Tal
der Fluß des Leids, das wohl vergangen ist,
das wir mit starkem Herzen überwunden!
Heb dich empor zu Hügeln frei und weit,
wo noch der Freiheit goldne Frucht erstrahlt,
und hier in Gottes Sonnenglanze
ein Volk, das fröhlich sich wohl dreht im Tanze,
doch Ernst, Verantwortung noch kennt,
und hilft, wo Not in dieser Welt,
weil unser starkes Herz für alle schlägt,
drum sagts der Österreicher ohne Scheu und Furcht,
sprengt seine Fesseln, streift ab Not und Leiden,
kennt keinen Stolz, muß niemanden beneiden,
bedauert sehr, wenn Ungutes getan!
Ists möglich, daß heute auch in andern Staaten
es Leute gibt, die alles besser wissen,
allein das Volk weiß noch, was Gott gefällt!
hat klaren Blick, läßt sich nicht weitertreiben,
es schweigt nicht mehr, will frei sein und auch reden!

Die Erlen vor meinem Haus!

Mein Mann er hatte es sehr schwer,
er wußte vom Garten ja viel mehr,
doch ich, ich kam von einer Kur,
was brachte heim dem Gatten nur?
Den Himbeerstrauch hab ich genannt,
was ich da hielt in meiner Hand!
Mein Mann, der hat dann laut gelacht,
„Mein Liebling, was hast du gebracht?
Die Erlen sinds, die du da hast,,
doch seien sie im Garten Gast!“
Den Erlen hat es hier vor allem
in meinem Garten gut gefallen
die eine ging zwar leider ein,
die Weinranken so gar nicht fein,
haben sich um sie geschlungen,
und so ist es dann gelungen,
die Erle wurde leider dürr,
die andere die steht noch hier,
so ragt ihr Stamm, er ist nicht schwach,
bis über meines Hauses Dach,
die Würstchen hängen lieb herunter,
sie schaukeln dann im Wind recht munter,
die kleine Zapfen im Herbst dann sind,
und kleine Erlen wachsen geschwind,
die muß ich leider dann abschneiden,
doch denke ich an frühere Zeiten,
als wir im Garten noch zu zweit,
dies ist so ferne und so weit,
jedoch die Erle winkt und grüßt,
sagt mir daß wieder Frühling ist!

Michael Russ

Hintermberg

Salzburg - Getreidegasse: Die Menge schiebt mich hierhin und dorthin. Woher kommen all diese Leute? Ich sollte erwähnen, daß ich auch kein Salzburger bin. Mein Heimatort ist Hintermberg in der Steiermark. Dort bin ich geboren und aufgewachsen. Aber seit einigen Jahren lebe ich in Salzburg.

Hintermberg ist ein ruhiges kleines Dorf, dort herrscht niemals solch ein Gedränge. Es kommen zwar auch Touristen nach Hintermberg, aber nicht in diesem Ausmaß. Es gibt nämlich nur eine einzige Sehenswürdigkeit und die erst seit einigen Jahren. Davon und von einigen anderen Begebenheiten will ich Ihnen erzählen.

Kirche

Eines Morgens mußten die Bewohner von Hintermberg feststellen, daß des Nachts ein Kirchendieb ihr Dorf heimgesucht hatte. Seit der Heirat des Pfarrers vor einigen Monaten kümmerte sich auch niemand mehr um das Gotteshaus. Bei der Besichtigung des Tatortes wurde festgestellt, daß dort, wo sich vor dem Diebstahl die Kirche befunden hatte, Ruinen im Boden erkennbar waren. „Die sind römisch, wenn auch nicht katholisch“, meinte der Bürgermeister, „aber mit denen können wir etwas verdienen.“ So wurde über den Resten eines römischen Tempels ein Bierzelt errichtet. Zum Pauschalpreis von 180 S gab es eine Stelze, ein Bier und eine Besichtigung, außerdem jeden Sonntag Blasmusik. Der Bürgermeister saß dann bei Bier und Stelze, beobachtete die Touristen und die Blaskapelle, wackelte im Takt mit dem Bauch und dachte: „Die langweilige Orgelmusik hab' ich sowieso nie leiden können.“

Epilog: Der Verdacht, der ehemalige Pfarrer hätte aus sentimentalen Gründen die Kirche gestohlen und in seinem Keller versteckt, erwies sich nach einer polizeilichen Hausdurchsuchung als haltlos. Auch der herzzerreißende Fernsehauftritt einiger Hintermberger Betschwestern in einer bekannten Talk-Show führte nicht zur Rückgabe des Gotteshauses. So liegt die Vermutung nahe, daß der Sakralbau für immer im Tresor eines Sammlers verschwunden bleiben wird.

Gartenarbeit

Unter den Menschen, die nach Hintermberg kamen, um sich die römischen Ruinen anzusehen, war eines Tages auch ein Mann aus der nahen Bezirkshauptstadt Judenburg. Nach der Besichtigung machte er noch einen kleinen Verdauungsspaziergang durch das Dorf. Dabei entdeckte er Erstaunliches.

Nachdem er hierhin und dorthin gegangen war, wandte er sich an einen alten Bauern, der auf seiner Hausbank eine Pfeife rauchte. „Grüß Gott! Darf ich Sie etwas fragen?“

„Griaß di! Setz di nur her und frog!“

Der Judenburger nahm dankbar Platz. „Warum gibt es bei euch keine Gärten? Überall wo man einen Garten erwarten würde, gibt es nur Löcher oder soll ich sagen: Baugruben!“

„Jo mei, heit is Saumstog, do san unsere Gärten im Wold bei da Gortenorbeit!"

„Heißt das, euere Gärten gehen jeden Samstag in den Wald und machen sich all die anfallende Gartenarbeit selbst?"

„Net jedn Saumstog, im Winta net, do is jo nix zum Tuan."

Entsetzt sprang der Städter auf und eilte grußlos davon. Der Bauer schüttelte den Kopf. „Dei Stodtlait san a olle gaunz narrisch!"

Der Judenburger war inzwischen wieder im Festzelt angelangt und stellte sich dem Bürgermeister vor. „Ich bin Dr. Knauer vom Bezirksarbeitsinspektorat und muß Ihnen sagen: So geht es ja wohl nicht! Es ist nicht zulässig, daß Gärten ihre Arbeit selbst verrichten! Kraft meines Amtes verlange ich, daß das sofort abgestellt wird!"

So kam es, daß die Gartenarbeit in Hintermberg, wie überall sonst, von den Menschen erledigt werden muß. Die Gärten gewöhnten sich schnell an die neuen Verhältnisse. Es war ganz angenehm, nicht selbst pflegen zu müssen. Im Freien waren sie trotzdem, auch wenn sie nicht in den Wald gingen. Und viel Bewegung braucht so ein Garten ja nicht.

Das Hintermberger Gesundheitswesen

Das Hintermberger Gesundheitswesen hauste im Mischwäldchen hinter dem Erdäpfelacker des Huber-Bauern. Nur Frauen durften es besuchen und um Rat fragen. Die Männer konnten es manchmal aus der Ferne sehen, ein menschenähnliches Wesen, ohne erkennbare Gesichtszüge, es schien irgendwie nicht wirklich greifbar, darum nannten sie es auch Hexe. Die Frauen sprachen dagegen liebevoll vom „Wesn".

Eines Tages gingen die Kreuzerin und die Mittermeierin vom Schwammerlsuchen heimwärts und sahen das Gesundheitswesen leblos am Bachufer liegen. Alle Versuche „'s Wesen" zur Besinnung zu bringen, waren vergeblich.

„Mia miassn's zum Tierarzt führn!", schrie die Kreuzerin in höchster Verzweiflung und lief zur nahen Wiese, wo sie ihren Mann beim Mähen wußte. Wild mit den Armen rudernd hielt sie den Kreuz-Bauern auf, koppelte mit einem Handgriff den Mäher ab. stieß wortlos den Bauern vom Traktorsitz und brauste davon. Sie wußte, daß ihr Mann, der seine Medizin prinzipiell nur aus dem Mostkeller bezog, für die Nöte des „Wesn" keinerlei Verständnis aufbringen würde. Darum hatte sie sich gar nicht lange mit Erklärungen aufgehalten.

Gemeinsam luden die beiden Bäuerinnen das federleichte „Wesn" auf den Traktor und fuhren zum Dr. Maixner. Der Tierarzt untersuchte den sonderbaren Patienten gründlich. Beim Abhorchen fand er eine Blume.

„Wo habt ihr euer ‚Wesn' gefunden? Beim Bachufer?" Er hielt die Blume in die Höhe. „Bach-Blüten-Vergiftung! Hoffnungslos!" Und wirklich schrumpfte das „Wesn" mehr und mehr zusammen, um sich dann in Luft aufzulösen.

Die Verzweiflung der Hintermberger Frauen war groß. Der Arzt, der bald darauf im Dorf eine Praxis eröffnete, mußte lange Zeit um das Vertrauen der Dorfbewohnerinnen kämpfen. Noch heute geht manchmal eine der Bäuerinnen im Mischwald nachschauen, ob nicht ein neues „Wesn" Einzug gehalten hat.

Ich hoffe, Sie haben keinen falschen Eindruck von Hintermberg gewonnen. Eigentlich ist es ein ganz normales Dorf und seine Bewohner sind, so wie ich, ganz normale Menschen. Aber jetzt muß ich weitergehen. Ich bin nämlich wegen des Schlußverkaufes in die Innenstadt gekommen. Ich will irgendwo einen Schluß für meinen neuesten Roman erwerben.

Auf Wiedersehen und besuchen Sie doch einmal Hintermberg.

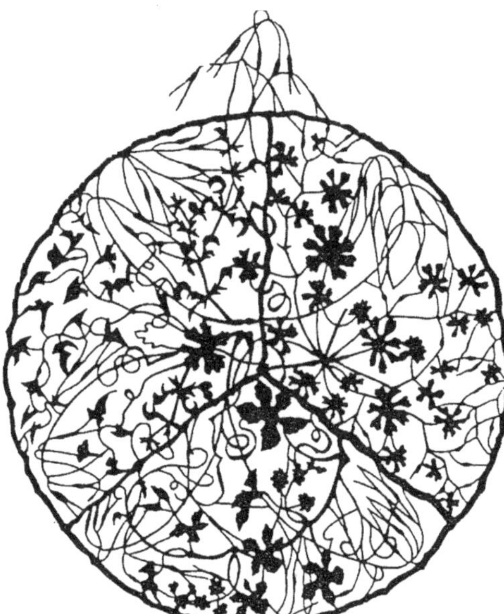

Linde Schuller

Des Lebens Quelle

Manchmal wird Heimat „kinderleicht" verständlich. Im Alter von 7, knapp vor unserer kriegsbedingten Tierhaltung in der Garage und Gemüsezucht im Rosengarten, nahm man mich für Skilauftage und Sommerwochen mit in ein Bergbauernhaus. „Urlaub auf dem Bauernhof" war unüblich, meine Eltern erfanden ihn. Nachahmende Freunde reisten gelangweilt ab, wir genossen. Papa botanisierte pflichteifrig, Mama malte, ich sah von nah, was ich für Leben schlechthin nahm: Wenn der schwarze, duftende Brotvorrat, dessen Rindenteile man mit dem Hammer zerschlug, zur Neige zu gehen drohte, holte der Bauer ächzend einen Getreidesack aus der Vorratskammer, die Magd, das Kunei, spannte den Stier, man nannte ihn Jodl, ich hielt das für einen Rufnamen, vor den sommers und winters gebrauchten Geländeschlitten. Das Tier war so zahm, daß auch ich es ohne Stab herausführen durfte. Man sprach mit ihm in einem von Kunei erfundenen Flüsterdialekt. Wir fuhren zur Mühle am Bach. Nach Öffnung einiger Geheimriegel - die Technik kannten nur umwohnende Bauern - und dem Herleiten des Wassers setzte man die Mühlsteine in rumpelnden Gang. Das ganze schmukke Bauwerk erzitterte. Riß der Riemen, ward er mit Drahtnähten geflickt. Immer gab's wohlriechendes, appetitliches Mehl. Heimzu gingen wir zu Fuß, der Jodl trottete mit dem Sack auf seinem Schlitten seine persönliche Route. Bäuerin und Magd hatten den Trog in die Stube gebracht, sie harrten mit aufgekrempelten Ärmeln. Gewürze und Sauerteig standen bereit. Zum Teigkneten wurde ich nicht zugelassen. Aus den hübschen Kegeln, die die Urform darstellten, riesige Laibe zu formen war mir aber gestattet. Das Anheizen des Backofens, der - neben dem Dörrhäusl für die Obstkonservierung - im Freien stand, besorgte der Bauer persönlich. Daß ein kleiner Laib sozusagen als Kostprobe backfrisch angeschnitten werden durfte, war ein Zugeständnis an unsere Neugier. Normalerweise aß man bekömmliches altes Brot. - Floß einmal trübes Wasser aus dem Brunnen, rief die Hausfrau: „Vater, da muß die Zürnhof" das war die Leitkuh, „in die Leitung g'stiegen sein!" und der Bauer schulterte schlanke, ausgehöhlte halbe Baumstämmchen und machte sich auf die Klettertour zur oberen Hausweide, um den Schaden zu beheben. - Begannen die Schindeln um den Kamin brandig zu riechen stieg die Dirn aufs Dach und schüttete ein wenig Wasser drauf, während die Bäuerin die Herdflamme fürs Schnitterkrapfenbacken zügelte. - Zu wacklig gewordenen Möbelfüßen kam der Tischler auf die Stör, er logierte auf der Tenne. Schaufeln und Schindeln hingegen hackte der Hausherr selbst. Dem Schneider zog der Jodl sogar eine Singer-Nähmaschine und ein Holzkohlen-Bügeleisen den Hang herauf. - Wurde jemand krank, brachten die Schulkinder „den Doktor" mit aus dem Tal, ging's mit einem zu Ende, begleitete sie je nach Konfession des Sterbenden der Pfarrer oder der Pastor. War neues Leben zu erwarten, kam die Hebamme mit ihnen. - Bei den Schafen spielte das Kunei Hebamme. Bald zogen die Lämmer mit auf die Alm. Die älteren Tiere wiesen den Weg ohne menschliche Begleitung. - Wenn die Ahne nicht gerade Unterzündspäne schnitt, so spann sie. Im Hochsommer vertauschte sie dabei den

Ofenplatz mit dem auf der Hausbank. Einen Webstuhl zur allgemeinen Benützung gab es ein paar Häuser weiter talein. Loden aber kam aus der Fabrik. Er wurde auf wunderbare Weise bargeldlos gegen Naturalien erhandelt. Man nahm mich mit auf die Geschäftstour. Auf dem Fußmarsch trafen wir eine Familie, die gerade mit Schaufel und Spaten das Erdgeschoß ihres Hauses von den Resten einer Mure befreite. „A, das Haus halts scho no amal a paar hundert Jahr' aus", meinte der Hausherr philosophisch. - Der Jodl und seine „ledigen" Töchter, er war nicht gekört, schliefen auf Stroh, wir auf Strohsäcken, die mit blütenweißem Leinen bezogen waren. - Mein Spielkamerad hieß Hiasei. S e i n e Kuhherde bestand aus Aststücken, die so gewählt waren, daß man einen Körper und abstehende „Hörner" erkennen konnte, und vertrug sich gut mit meiner Teddyfamilie. Die Teddies „reisten" in meinem Rucksack, die „Kühe" auf des Hiaseis „Kraxn". - Das Hiasei betrachtete Schlachttage als erfreuliche Unterbrechungen der normalen Brotsuppenzeiten. Ich fürchtete sie. Zugegeben, die Tiere fielen durch Kopfschuß tot um, während sie an ihrem gewohnten Stallplatz beinah noch genüßlich an der überreichlichen Henkersmahlzeit kauten.

Heute denke ich öfter an die schlichten steirischen Erlebniswochen meines 7. Jahres, wenn ich durstendes Schlachtvieh quer durch Europa gekarrt sehe, steirische Äpfel einzeletikettiert, Menschen von Maschinen überschrieen, kleine autarke Familien weltweit zerrieben. Bin ich zu alt geworden ? - Nun, die Gedanken sind frei. So wünsche ich mir junge Globetrotter mit erhaltener seelischer Nahraumhaftung und - Sensibilität - zum Wohle der ganzen Welt.

„Vergiß nicht, Globus, nun einheitssüchtig,
wo Heimat sein soll, ist SCHÖNHEIT wichtig!"

Monika Spannagl-Schönborn

Meine kleine Welt

Die Wienerstadt ist, ehrlich, meine kleine Welt!
Hier bracht ich meine Kindheit zu, die Jugend auch,
hier lernt ich all das schätzen, lieben, was mir heut gefällt.
Hier hab ich Freunde, kenn ich manchen Winkel, jeden Brauch.

Wenn ich frühmorgens in der kaum erwachten Altstadt bin
- ein paar Minuten sinds zum Stephansplatz mit der U3 -
die Morgensonne streicht ganz sanft über die Dächer hin,
die grauen Straßen liegen still vor mir, die Plätze frei …

Mit Kinderaugen schau ich meine Stadt wie früher an:
Vor vierzig Jahren schien verschlafener sie mir und doch
auch wieder munter; buntes Leben, Treiben dann und wann
und das gibts ja zu vorgerückter Stunde immer noch.

Bloß irgend was, ich kanns nicht sagen, find ich anders heut!
Derselbe Blick jetzt auf den Steffl, Torbogen, die Uhr.
Gewohnte Szenerie: Fiaker, Pferde, Kutschersleut,
und Ross' und Wagen warten auf die allererste Fuhr.

Lenk ich den raschen Schritt nun links zur Brandstätte hinein
- vorüber hasten ein paar Leut, die auch zur Arbeit gehn -
denk ich: Es muß bestimmt ein Unterschied zu früher sein!
Wie deut ichs bloß, ich kann mich heute selber nicht verstehn.

Bis ein paar Gassen weiter dann ich in der Tuchlauben bin
- mein Arbeitsplatz gleich um die Ecke im Patrizierhaus -
grüß flüchtig auf der Stiege ich die alte Hausmeisterin,
nehme den Lift, spät ists, und steig im dritten Stockwerk aus.

Im Laufschritt, Schlüsselbund gezückt, ans Ende von dem Gang:
hinter der Tür hör ich das Telefon, das Fax - es schreit!
Da plötzlich wirds mir klar, mein Herz klopft aufgeregt und bang
für mich und meine Wienerstadt wie einstmals auch noch heut:

Daß ich die Stadt verdächtigt hab, tut mir jetzt ehrlich leid;
geändert hat das *Leben* sich im raschen Lauf der Zeit!

Text & Musik:
M.Spannagl-Schönborn

"AUF ZUM SEMMERING!"
(Wienerlied)

„Auf zum Semmering!"
(Wienerlied)

Ich kenne ihn zu allen Jahreszeiten
den „**ZAUBERBERG**" aus Fels und Tannengrün,
laß mich von ihm durchs ganze Jahr begleiten:
Wann immer man ein kleines bisserl Zeit hat
- selbst wenn der Berg ein winterweißes Kleid hat -
mach ich mich auf und fahre schnurstracks zu ihm hin.

Dann geh ich gern auf altvertrauten Wegen,
suche ein Bankerl mir an still-verträumtem Platz,
voll Freude nehm ich dankbar hier entgegen
Erinnerungen: Märchen und Geschichten …
Da plötzlich fang ich wieder an zu dichten :
und irgendwann heb ich den dargebotnen Schatz!

So bin ich endlich ohne es zu wissen
bei Rübezahl in seiner Geisterwelt,
laß mich von einem Zaubermusen küssen:
Genüßlich lausche ich dem Blätterwind hier …
Aus Augen schau erstaunt ich wie ein Kind hier …
Und ich bin glücklich, weil mir alles heut gefällt!

Die kühle Luft ist Balsam für die Sinne.
Ich atme tief und fühle einfach: Ich bin da
mit jedem Schritt, den ich Terrain gewinne!
Dem Wandrer öffnet sich in weiten Blicken …
Gottes Natur schenkt sich zu ehrlichem Entzücken …
Da jauchzt das Herz, es ist dem Himmel ja so nah!

So komm, laß deine Seele hier gesunden!
In einer Stunde schon bist du am rechten Ort,
findst alles das, was ich hier hab gefunden:
Die Wirtin kocht dir herrlich-leckre Sachen –
Entspanne dich, lern wieder mal zu lachen
und schick den grauen Alltag einfach von dir fort!

Ich kenne ihn zu allen Jahreszeiten
den **„ZAUBERBERG"** aus Fels und frischem Grün,
laß mich von ihm durchs ganze Jahr begleiten:
Wann immer mein Mann ein kleines bisserl Zeit hat,
bei Sonnenschein, wenns regnet oder gschneit hat …
Ich mach mich auf und fahre schnurstracks zu ihm hin!

Gunther Swoboda

Können wir unser Heimatgefühl bewahren?

Wir Kinder der Großstadt haben es nicht so leicht, unser Heimatgefühl zu finden und zu bewahren wie die Menschen aus den Dörfern oder kleinen Städten am Land. Denn die haben ja immer noch rings um sich natürliche Landschaften oder zumindest einen Garten. Und sie kennen ihre Nachbarn und leben mit ihnen geistig mit. Dies alles weckt ein Gefühl der Verbundenheit mit ihrer Umgebung, das Heimatgefühl. Die meisten Menschen der Großstädte aber leben in einem steinernen Häusermeer, und sie haben nur mit einigen Menschen ihrer Gesellschaftsklasse einen engeren Kontakt. Ihre Nachbarn kennen sie kaum oder gar nicht. Wie soll sich da ein Heimatgefühl entwickeln?

Bei mir war das etwas günstiger. Ich bin zwar auch ein Großstädter, aber meine Eltern besaßen ein Landhaus mit einem schönen Garten. Dorthin übersiedelten wir jeden Sommer für mehrere Monate. Außerdem wurde ich mit zwölf Jahren Mitglied einer Jugendgruppe, mit der ich durch viele interessante Gegenden Österreichs wanderte. Wir übernachteten in Zelten in der freien Natur oder bei Bauern im Heu oder im Stroh. In den Weihnachtsferien lebten wir in einer Berghütte und zu Pfingsten in einem Zeltlager in den Donauauen. Dadurch lernte ich viele Winkel unserer schönen Heimat schätzen und lieben.

Aber später wurde mein Heimatgefühl fast völlig zugeschüttet: Die große politische Bewegung der dreißiger Jahre hatte nicht nur die Gehirne, sondern auch das Gefühlsleben von uns Österreichern weitgehend erfaßt, auch wenn das heute viele nicht mehr wahrhaben wollen. Deutschland wurde unser großes Vaterland und Österreich war nur noch die „Ostmark" dieses großen Reiches. Wir wurden auch geistig in dieses übergreifende Gefühl einbezogen. (Denn wer läßt sich nicht durch Meinungen, die ihm von außen eingegeben, eingeflüstert oder gar eingebleut wurden, in seiner Einstellung manipulieren??). Das Heimatgefühl war wohl nicht ganz verloren aber überdeckt und verschüttet.

Nach wenigen Jahren mit dem schrecklichen Zweiten Weltkrieg gab es ein böses Erwachen. Dann, in der Stunde Null, der Wiedergeburt unserer zweiten Alpenrepublik begann auch bei den meisten von uns die Verbundenheit mit unserem kleinen geschundenen Land. Und wir, die wir inzwischen erwachsen geworden waren, halfen gerne mit, es wirtschaftlich und geistig aufzubauen. Bei vielen Österreichern erwachte ein echtes Heimatgefühl wohl erst in diesen Jahren.

Und heute? Wo stehen wir heute an der Schwelle zu unserem Eintritt in die Europäische Union? Unsere Land muß sich nun in die Gesetze und wir müssen uns neuerlich in die Ideen einer größeren Gemeinschaft einordnen. Sind wir Österreicher ein zweitesmal auf dem Weg, unsere geistige Zugehörigkeit und unser Heimatgefühl zu verlieren oder verschütten zu lassen? Die politischen Bedingungen sind zwar ganz anders als vor 60 Jahren. Wir erleben heute keine nationale überbordende geistige Bewegung wie damals. Aber die Gefahr, daß unser Heimatgefühl verlorengeht oder durch andere geistige Einflüsse überdeckt wird, ist dennoch sehr groß.

Hat uns nicht längst die geistige Welle der Massenmedien, insbesonders des Fernsehens, erfaßt und mit dem Geist von „Action“, Mord, Sex, „Science-fiction“ etc. unser Heimatgefühl verschüttet? Oder können uns Sepp Forcher, Hans Hinterseer, Karl Moik, der Kaisermühlenblues und dergleichen dieses Gefühl etwa erhalten, wenn wir gleichzeitig immer mehr in anglo-amerikanischen Idiomen reden, unseren Urlaub auf den Kanarischen Inseln oder den Malediven machen und unsere „Kids“ immer mehr ein fremdes Lebensgefühl übernehmen? Nun ja, ein Teil unserer jungen Leute geht auch heute noch in unsere Berge zum Ski- oder Snowboard-Fahren. Und im Sommer fahren sie mit dem Mountainbike über die Waldwege und Wiesen unseres Landes oder sie rasen mit Skatern durch die Straßen und Dörfer. Nicht nur ihr Bewegungsstil, sondern auch die Namen all dieser Tätigkeiten sagen uns, daß dabei nicht allzuviel heimatliches übrig bleibt.

Wie ist es mit den Erwachsenen, mit den Menschen, die im Beruf stehen? Entwickeln sie mehr Heimatgefühl als die jüngere Generation? Sind sie nicht alle, einer kapitalistischen Geisteshaltung folgend, auf der Jagd nach immer mehr Geld? Wenn sie aber - eben als Folge dieser Einstellung - keine Arbeit haben, sind dann nicht viele von ihnen auf der vergeblichen Suche nach Geld und Erfolg? Geraten wir Österreicher nicht auch, ebenso wie andere Nationen, in den Sog dieser Entwicklung, der wir uns nicht entziehen können? Die Gefahr ist groß!

Ich erinnere mich an ein Buch, das ich vor mehreren Jahrzehnten gelesen habe. Es hieß „Wenn die Seele erlischt“ und beschreibt die geistige Entwicklung eines Ungarn, der nach Amerika emigrierte und dort durch den amerikanischen Lebensstil der unbarmherzigen Jagd nach Geld und Erfolg sein Heimatgefühl verlor. (Seine „Seele erlosch“). Wird uns Österreichern nicht das gleiche widerfahren? Einzelne von uns können sich vielleicht davon fernhalten, aber werden die einfachen Menschen dem harten Erfolgsdenken und der allzu freien Lebenshaltung standhalten können? Das wird sehr schwer, aber vielleicht gelingt es doch.

Wir, die wir wissen, was unsere Heimat ist und was sie wertvoll macht, sollten unsere ganzen geistigen Kräfte mobilisieren, um unseren jüngeren Landsleuten klarzumachen, was sie an heimatlichen Werten festhalten sollen: Nicht nur die Schönheiten unserer heimatlichen Berge und Landschaften und die Juwelen heimatlicher Kultur, sondern vor allem auch die geistigen Werte unseres österreichischen Lebensstils: unsere Freundlichkeit, Liebenswürdigkeit, Gemütlichkeit und unsere bescheidene aber doch selbstbewußte Lebensart. Das sollten wir tun, ebenso wie die anderen Völker Europas ihre besonderen Werte in der neuen Gemeinschaft pflegen und weitergeben werden, wenn ihnen an ihrer Heimat und an ihrer Nation etwas liegt: die Franzosen ihren Charme, die Deutschen ihre Gründlichkeit, die Engländer das demokratische Denken und den Teamgeist der anglo-amerikanischen Lebensart usw. usw. Ich glaube nur so können wir unser Heimatgefühl in der neuen größeren Gemeinschaft Europa bewahren, ohne daß es von einem geistig armen Lebensstil und einer einengenden Bürokratie erdrückt und erstickt wird.

Gestatten Sie, daß ich Ihnen zum Abschluß dieser Gedanken noch eine kleine Anekdote erzähle, mit der ich sagen möchte, daß man sein Heimatgefühl auch gegen den Zeitgeist behaupten kann: Ende 1940, als der Zweite Weltkrieg noch nicht mit seiner ganzen Schwere stattfand und einfach denkende Menschen noch nicht die Heimtücke des nationalsozialistischen Regimes erkennen konnten, war ich als „frischgebackener" Leutnant der Reserve für mehrere Monate als Ordonnanzoffizier zum Stab eines Nachrichtenregiments kommandiert und gleichzeitig mit mir ein Offiziersanwärter, Wachtmeister der Reserve, namens A. Er war ein paar Jahre älter als ich, im Zivilleben Universitäts-Lektor, während ich noch Student war. Beim Militär war ich ihm aber etwas voran. Wir „pflaumten uns gerne gegenseitig an", wie man damals sagte. Einmal bezeichnete er mich bei Tisch als „preußischen Leutnant", worauf ich meine Hand erhob und mich beim „Tischältesten", unserem Regimentskommandeur beklagte: „Der Wachtmeister A. hat mich beleidigt!" (Auf Beleidigungen stand als Strafe ebenso wie auf das Beflecken des Tischtuchs oder das Erzählen unanständiger Witze eine Strafe von 10 Pfennig in die Tischkasse.) Daraufhin der Kommandeur: „Was hat er denn gesagt?" Ich: „Er hat mich einen preußischen Leutnant genannt, obwohl er doch weiß, daß ich ein Österreicher bin!"

Erstauntes, verlegenes und betretenes Schweigen war in den Mienen des Kommandeurs und der anderen Offiziere zu lesen, denn ich hatte ja das damalige hohe Ideal des deutschen Offizierskorps „durch den Kakao gezogen". Dieses Ideal stammte aus der Zeit der großen Preußenkönige, von denen einer ja seine Soldaten mit den Worten „Ihr Hunde, wollt ihr ewig leben!" in die Schlacht und viele von ihnen in den Tod trieb. Und für die damalige politische Führung Deutschlands kam dieses Ideal des sogenannten „Kadavergehorsams" gerade recht. Es war das militärische Pendant des so oft in Sprechchören gerufenen: „Führer befiel, wir folgen dir!" Wie konnte ein junger Leutnant nur so unverfroren aufmucken?! Es entspann sich eine lange Debatte zwischen dem Kommandeur, den anderen Offizieren und mir, bei der ich natürlich auch die preußisch-österreichischen Kriege zur Sprache brachte. Und am Ende mußte dann ich – wie nicht anders zu erwarten war – die 10 Pfennig in die Tischkasse zahlen.

Selbstverständlich war meine Aktion in der jener Zeit etwas gewagt, denn es hätte ja ein Verbissener unter den Anwesenden sein können, der meine Worte als Affront gegen die damalige deutsche Politik oder gegen das Offizierstum gedeutet und weitergemeldet hätte. Doch dem war nicht so. Ich wußte ja auch, daß nicht nur A., der mich in Verlegenheit bringen wollte, sondern auch die anderen anwesenden Offiziere keine Anhänger des Kadavergehorsames waren und daß der Kommandeur, ein Thüringer, alle Deutschen, die östlich der Elbe lebten, als „halbe Asiaten" betrachtete.

Jedenfalls habe ich mit der Diskussion meinem Freund A. „die Show gestohlen", indem ich ein hohes (aber unmenschliches!) „Zeitideal" in Frage stellte. Gleichzeitig habe ich mich auch in der damaligen größeren Gemeinschaft deutlich zu meiner Heimat bekannt. Und darauf kommt es doch immer und in jeder Situation an, denke ich.

Anna Steinermann-Schiller

Heimattreue

Heimat! Welch ein liebes, tiefsinniges Wort!
Klingest doch in mir, noch immer wieder – fort!
Heimatstolz und Nestgefühl – niemals verloren!
Habe Heimatliebe, dadurch – auserkoren!
Heimattreue, die Verbundenheit – zum Land,
diese Zusammengehörigkeit, mich – verband!
Ursprungsland, Schollenliebe – waren dabei,
Heimatbewußtsein, mir niemals – einerlei!
Drum sind wir nicht geflohen, als der Feind kam,
und uns, das Allermeiste – vorwegnahm!
Wo hätt' ich sollen hin? Die Kinder noch klein!
Mama, mit zweiundfünfzig Jahr – im Totenhain!
Keine Geschwister! War ja – ein lediges Kind!
Gar keinen Fluchtweg, wir gefunden – geschwind!
War furchtbar! – Als die Russen gekommen sind!
Wollten benützen – mein unschuldiges Kind!!!
Ich rief: „Nein"! Lief selbst in die Gewalt hinein!
Töchterl wäre ja ruiniert – gewesen!
Ihr ganzes Leben – nie, davon – genesen!
Was der Feind genommen, an Ehre, Hab' und Gut,
dieses Leid noch immer – tief in der Seele ruht!
Doch muß man dankbar sein, daß man es überlebt!
Daß Gott unsre Heimatfäden, – so fest – gewebt!
Tiefverwurzelt – Heimatliebe! – Heimattreue!
Zu der Heimatscholle, – immer zu – aufs neue!
Denn, wer bodenständig, wo beheimatet – ist,
Heimat, nie und nimmer, im Leben – vergißt!!!
Heimweh wirkt besonders stark, in der Fremde arg!
Wohl und heimelig, man sich nur zu Hause – fühlt!
Und kehrt sofort zurück, wenns in der Seele wühlt!
Heimstatt bevorzugt wird, wenn auch der Körper friert!

Heimatliebe – Heimattreue

Heimatliebe, Heimattreue gibt es, dünkt mir, nicht mehr viel! Sonst würden nicht so viele flüchten, vor des Krieges grausam Spiel. Und lieber Haus und Heim verlassen, weit fortziehn, auf fremden, unbekannten Straßen.

Ich jedoch brachte dies nicht über mein Herz. Ich wollte und konnte einfach nicht fort, als zu Ostern 1945 die Russen auch nach Bruck an der Leitha kamen und ein furchtbarer Kampf entstand. Wodurch mein Onkel und Vormund einen Oberschenkel-Durchschuß erlitten hatte.

Obwohl ich für eine Flucht einen großen Rucksack genäht, einen großen und einen kleineren Koffer vollgepackt mit den besten Kleidungsstücken für meine Kinder und mich hatte. Wo hätten wir denn hin sollen? Ich wußte es doch nicht und konnte nicht von Haus und Garten fort! Unsere Tiere, Ziege und Hasen, wären alleingelassen und verhungert! Darum blieb ich eben in meiner Heimatstadt. Obwohl wir sehr viel Leid, Plünderung, Erniedrigung, erdulden und ertragen mußten!

Auch mein älterer Sohn hängt sehr an seinem Geburtshaus und seiner Heimatstadt! Wo er jetzt mit seiner Frau allein wohnt. Seinen beiden Kindern hat er eine Eigentumswohnung gekauft. Nun soll jedoch auf Verlangen der „Grünen" die ganze Auwiese geräumt werden! Mein Sohn sagte mir jedoch, er zieht nicht fort, auch nicht um viel Geld! So sehr hängt er an seinem Heim und Garten samt Umgebung! Und dessen Sohn sagt auch, er will es behalten! Und kommt immer wieder mit seiner Gattin in sein Elternhaus!

Heimat-Urlaub

Vorarlberg, das kleinste Ländle fast,
begrüßt herzlich jeden Urlaubsgast!
Tirol ist schön! Das darf man glauben!
Man soll die Zeit sich öfter rauben!
Blick auf Bergesgipfel, in Tirol!
Dort fühlt man die Sommerfrische – wohl!
Salzburg vermittelt das Urlaubsglück!
Landschaft und Leute, alles – ist schick!
Herrlich duftend-grüne Steiermark!
Macht Urlaubsfreuden, angenehm – stark!
Kärnten, Land der Seen und Bergeshöhn!
Hier, wird man gerne – in Ferien gehn!
Oberösterreich, naturhaft – reich!
Gesang, Humor, – erquicket das Ohr!
Niederösterreichs „Bucklige Welt"!
Allen Urlaubern bestimmt – gefällt!
Holt Sommerfrische auch im Burgenland!
Dessen Wein und See schon weltbekannt!
Kommt und besuchet auch „Unser Wien"!
Hier liegt das Herz von Österreich drin!

Eine Urlaubsreise, herrlich, schön!
Durch Österreich, ich allen – vergönn'
Drum kehret oft – in Österreich ein,
hierkann man froh und glücklich sein!
Egal ob arm, man oder – reich,
macht Urlaub gern – in Österreich!
Er ist sehr schön und auch – gesund,
der Urlaub, auf Österreichs – Grund!
Auf Berg und Tal, auf Fluß und See,
in Österreich, – auf Urlaub geh'!
Jodeln, tanzen, österreichweit,
ist angenehmste – Urlaubszeit!
Wienerwald-Berge, Donaustrand,
sind auch – Österreichs-Urlaubsland!
Surfen, wandern, Musik, Gesang,
Bleibt Erinnerung, – lebenslang!!!

Heimweh

Wenn etliche Kilometer mich jetzt trennen,
von meiner Brucker-Stadt und meinem lieben Wien,
will dennoch ich jetzt allen mutig gleich bekennen,
daß Tag und Nacht mein Sehnen ziehet zur Heimat hin!

Den schönen Hauptplatz, Lagerberg, nie – zu vergessen!
Der große Harrachpark, die alte Stadt – umrahmt!
Man kann erst in der Ferne die Sehnsucht – ermessen,
wenn man das Heimweh nach Vertrautem – nachgeahmt!

Wenn Wolken ostwärts ziehen, über Wald und Wiesen,
möcht' fliegen ich mit ihnen, immer – querfeldein!
Dorthin, wo Leithawellen – hurtig weiterfließen,
dort möcht ich gern, friedsam begraben einstens sein!

Oh Niederösterreich! So fruchtbar, schön zugleich,
bist ein gesegnet Land, von allen – anerkannt!

Das Wald- und Weinviertel, umschließen dich wie Gürtel.
Es ist so wunderschön, dies alles – anzuseh'n!

Die herrliche Wachau, mit Donau, wenn auch – grau.
Hat dennoch ihren Reiz, an Ufern – beiderseits!

Die Burgen, Schlösser all, sie boten – festen Wall!
Um unser Heimatland, am grünen Donaustrand!

Wiener Wälder

Mei liabster Platz in Wien, das is der Kahlenberg!
Wann i da obi schau, is alles klan wie Zwerg.
Die Häuser, Bausta(n) groß, das is ja ganz famos.
Und wandern kann ma weit, zu jeder Tageszeit.
Die Waldweg san markiert, wohin a jeder führt,
daß ma sie net vergeht, an Kreuzung – Taferl steht!
Klosterneuburg oder Kahlen-, Leopoldsberg,
findt ma sofort, wann ma braucht a Nachtherberg!
Zum Hermannskogel, drent neben der Höhenstraßn,
da führt a launger Weg, aber is zum faßn!
Auf großer Sulz- oder der schönen Jagerwiesn,
da laßt sie guat und lang echte Natur genießn!
Im Aussichts-Restaurant und der Josefinenhütten,
da brauchns d' Leut net lang zu aner Jausn bittn!
Die gsündere Höhenluft is gmischt mit Waldesduft!
Drum kumm i gern hierher, trotz dem vieln Verkehr!

Am 484 m hohen Kahlenberg

An der nach Ost-Süd freien Kahlenberger-Fernblickseite,
sieht man bei klarem Wetter, Wienerhäusermeeres-Weite.
Den Hundsheimer Berg, Thebnerkogel, die fernen Karpaten,
erspäht man im Osten, sieht, wie schön sie geraten.
Südlich davon und seitwärts gerückt, der Schneeberg uns entzückt.
Mit kleinen Hügeln um sich herum, da ist man staunend, stumm.
Deshalb sollten die Berge, samt den herrlichen Triften,
viele Umweltsünder nicht allzu sehr – vergiften!
Doch bei dem heute dunkelgrau bedeckten Horizonte
erblickt man bloß das große Nebelmeer, das unbesonnte.
Und auf einmal, fast wie ein Wunder auf der Terrassen-Aussicht,
ein Sonnenstrahl! Er dringt hervor und spendet warmes, mildes Licht.
Während unten, über der Stadt, noch schwere, dunkle Nebel zieh'n,
daß im Regenbogen, die Nieselregentropfen, – rasch verglüh'n.

H. C. von Tautscher

Salzburg oder Heimat entsteht in der Ferne

Irgendwann beschließt der Kosmos dich zu gebären und wirft dein menschliches Sein auf die Erde. An einen beliebigen Ort. An deinen Ort. Verläßt man die Eierschale Heimat, den vertrauten Ort der Kindheit, begreift man erst, daß Heimat klein ist, so klein wie ein Kinderherz und so weit, wie Kinderfüße tragen.

Nichts ist vertraut in der Fremde, weder die Sprache noch die Menschen, und keine Kontur der Landschaft erinnert an glückliche Stunden. Einsamkeit schleicht ins Herz und eine schwelende Glut brennt in der Seele. Heimat ist geboren.

Die Sehnsucht nach vertrauten Türmen, nach dem Flüstern des Flusses, nach dem Duft der Gassen wächst. Angst verspannt die Glieder, zwingt Traurigkeit in den Tag und Tränen tropfen nachts in dein Kopfkissen. Ist es der Verlust der Jugend? Ist der tägliche Kampf ums Überleben, die Sorge, die dich niederdrückt? Alle Fasern deines Körpers schreien nach Heimat! Wieder am Anfang sein? Wieder da sein, wo kindliche Lust am Leben begann?

Berge gibt es auch anderswo! Nein, diese Berge will ich nicht! Es müssen meine Berge sein! Genau diese Biegung des Bergrückens, die ich als Kind zuerst betrat und die Sandbank im Fluß, genau an dieser Stelle muß sie sein!

Ach, du armer Fremdling in meiner Stadt, wie einsam mußt du dich fühlen, denk ich an meine Zeit in der Fremde?

Wie sehr hat es mich beglückt, ein Auto zu entdecken mit dem Nummernschild aus meinem Land! Noch nicht einmal aus meiner Stadt und doch, es war ein Stück Heimat!

Es regnet fast überall, doch nicht so wie zu Hause. Ich bilde mir das nicht ein, nein! Es muß Schnürlregen sein. Der feine, zarte Schnürlregen, der meine Kinderlocken durchtränkte und knöcheltiefe Pfützen für mich füllte, in die ich mit Begeisterung sprang.

Die Musik der Sprache, die mich begleitete! Ein Sprachgewirr aus Heimatklängen und Fremdsprachen. Sommertouristen, die ihre Sprache schon in meine Wiege legten und die Sprache meiner Eltern.

Rosa und türkis der Abendhimmel mit zarten Grauschleiern durchwoben, sommerlicher Abenddunst zwischen mir und meinen Bergen. Farben! Farben meiner Heimat, die ich nirgends wieder gefunden habe und die mir so schmerzlich fehlten! Mit jedem Jahr in der Ferne wuchs die Heimat in meinem Herzen. Sie türmte sich auf. Bedrohliche Monumente, sie nahmen mir fast die Luft zum Atmen.

Kein Meeresrauschen konnte mich trösten, keine gelbe Blume im Dünensand. Mein inneres Auge sah nur meine Stadt, nur diese vertrauten Häuser der ersten Erinnerung. Diese Stadt prägte mir Verständnis für Formen, Farben, Gerüche und Laute. Salzburg legte den Grundstein für Harmonie in meine Seele.

Und du, Fremder? Denkst du an deinen vertrauten Strand in heißer Sonne? Frierst du, armer Mann aus Afrika? Ich denke oft an Menschen, die in meiner Heimat ihrer so fern sind und ich möchte mit ihnen weinen. Grausam ist es, fremd zu sein!

Die Stunde deiner Geburt legt fest, was du liebst. Nur wenige Kilometer weiter beginnt die Heimat der anderen. Ein Relikt aus urmenschlichem Verhalten. Die Höhle deiner Geburt ist die Heimat, das Revier deiner Existenz. Nur dort fühlt man sich sicher und geborgen. Doch Heimat ist auch in der Liebe. Ohne Liebe gibt es keine Heimat. Die Liebe der Eltern, die erste, die dir widerfährt, ist deshalb die Grundenergie, die Heimatgefühle erweckt. Ist das der Grund für die ewige Sehnsucht nach dem Ursprung deines Seins, das nie endende Bedürfnis, nach Hause zu kommen?

Ich kam zurück. All die schmerzliche Last des Heimwehs löste sich. Wie Morphium entspannte die Heimkehr meine verkrampfte Seele. Ich atme wieder meine Luft, sehe meine Türme und die Biegung des Flusses. Die Sandbank ist fortgeschwemmt, weiter oben ist eine neue. Ich liebe sie, die neue Sandbank. Sie ist meine neue alte Heimat! Die Rosen im Garten duften nicht mehr und mein Lieblingszwerg aus Kindertagen steht nun an einem anderen Ort, doch er ist noch da! Karajan ist tot und Eliette lebt. Alte Häuser wurden abgerissen und häßliche dafür gebaut. Die Stadt ist gewachsen ohne mich! Doch mein Haus steht noch. Die Straße ist immer noch schmal. Ich genieße das Gefühl, meine Füße an die Stelle zu setzen, auf der meine Kinderfüße schon standen.

Salome steht nicht mehr im Schloß. Diese gräßliche Statue mit dem abgeschlagenen Kopf in der Hand ist weg. Wie oft stand ich davor? Fragte mich, ob es ihm weh und warum sie es getan hat? Ich erinnere mich an die Schauer des Grauens und an den ersten Verdacht, daß Menschen nicht nur gut sind und an die leise Furcht vor dem Leben.

Ich höre wieder Glocken! Glocken, die ihren Klang so friedlich über die Stadt breiten. Ich denke an Glocken – stille Zeiten, und ich bin glücklich, daß sie vorbei sind. Ich denke an alte Spaziergänge mit meiner Mutter und gehe sie in Gedanken wieder. Endlich zu Hause!

Almud Thorn

Mostviertel

Ich möchte Haseln hätscheln
und die Blüten sammeln
von den Obstbaumsträußen
meiner sanften Hügel
im smaragdenen Land.

Kollmitzberg

Es raunen die Saligen
im Kirchengewölbe
am Heiligen Berg
zu Donars Tag …
Oder ist es der Wind
im alten Gebälk?
Der Kampf zwischen Frühling
und dräuenden Wolken,
gewitterbringend
in die heilige Blüh'?
O Erdenmutter,
bewahr uns vor Schauer,
vor Krankheit und Krieg,
vor innerer Not!
Und laß uns
die Liebe erfahren!

Ostarrichiland – Meine Heimat

„Man weiß selten was Glück ist, aber meistens, was es gewesen."

Erst im Ausland wird man sich seiner Identität bewußt, in der Fremde des Wertes der Heimat gewahr.

„Heimat", diesen Begriff, in letzter Zeit in die Ecke geschoben, möchte ich ein wenig durchleuchten. Noch vor einigen Jahren wäre es unnötig gewesen, darüber zu grübeln. Dort, wo ich geboren bin, wo ich lebe, bin ich zu Hause, das ist meine Heimat.

Durch die Medien, durch das viele Reisen sind wir Weltbürger geworden. Europa – heißt die neue Devise! Wir gehören jetzt dazu, wir öffnen alle Grenzen und Tore, nehmen alle Menschen an und auf, ob sie nun schwarz, gelb oder von roter Hautfarbe sind. Das Fremde ist interessant, alles andere wird als verzopft, engstirnig, als „Kantönligeist" abgetan.

Wie sich Geschwister oft nicht vertragen, nicht voneinander angenommen wissen, fühlen wir uns von Freunden, Fremden meist besser verstanden. Kommt daher das Verlangen nach dem anderen, Gegensätzlichen?

Heimat ist also auch dort, wo ich verstanden und akzeptiert werde. Die Sprache ist die Verbindung dazu. Die Fülle und Feinheiten unserer schönen, deutschen Sprache, werden sie noch wahrgenommen und geschätzt? Die Durchsetzung mit Anglismen müßte uns eigentlich aufhorchen lassen. „In-sein, super, mega, kids" anstelle von Kindern ....Warum sprechen wir so? Wo sind unsere Kinder-, Volks- und Wanderlieder geblieben? Wenn wir fröhlich sind, singen wir doch. Singen wir noch?

996 wurde unsere Heimat zum ersten Mal auf einem Dokument „Ostarrichi" genannt. Wir feiern nun dieses tausendjährige Bestehen. Worauf aber sind wir stolz? Machen wir nicht nur ein Spektakel mit Ostarrichi-Uhren, -Bier, -Wein, -Gugelhupf ... um nur einige zu nennen, das vor allem dem Kommerz dient? Wenn wir keinen Stolz, kein Selbstbewußtsein, keine Freude an unserer Heimat, die auch viele Künstler in allen Sparten hervorgebracht hat, entwickeln, bleibt alles Feiern Schimäre und leere Hülle.

Dieses wunderschöne, blühende Land, das wir Heimat nennen dürfen, „ist wohl wert", geliebt, geschätzt und letztlich auch verteidigt zu werden, nicht nur mit Worten, sondern mit allem, was wir haben.

Sonnenseite – Schattenseite

Die Sonne, das herrlichste Symbol in unserer Welt, gilt für Wärme, Kraft, Auferstehung, Erneuerung und Wachstum. Tag und Nacht entstehen durch sie und der Ablauf der Jahreszeiten. „Wenn der Tag wächst, wird die Sunnal wieder stärker", so heißt es im Volksmund, bei den Leuten auf dem Land. Dort blickt man noch nachts zum Himmel, um die Sterne zu beobachten, dort wird die Sonne ehrfurchtsvoll erwartet und ihr Lauf, der zu- und abnehmende, in die tägliche Arbeit einbezogen.

An den Ufern eines Flusses oder Stromes, in Gebirgstälern ist es die Sonne, die durch ihren Stand den Begriff von Diesseits, und Jenseits, von Sonnen- und Schattenseite prägt.

In der Wachau ist die rechte Donauuferseite, die bewaldete, wo die Weingärten auf Grund der kürzeren Sonnendauer nicht so weit die Hänge hinaufreichen, die Schattenseite. Die berühmten Weinorte wie Spitz, Weißenkirchen oder Dürnstein liegen auf dem gegenüberliegenden Donauufer. Dort wäre auch der Wein edler, meinen die Kenner; und auch teurer.

Ich liebe die kleinen Orte des rechten Donauufers. Es ist wie bei der Schönheit einer Frau, die man erst beim zweiten Blick entdeckt.

Die händisch angelegten Steintrockenmauern begrenzen die engen Straßen und alte, etwas verwahrloste Häuser mit den typischen Rauchfängen der Wachau, und urige, kleine Weinkeller liegen an der Straße. Dort, wo ausgesteckt ist, lädt ein grüner

Buschen zur Rast auf einer Holzbank und grünem Tisch ein. Der Heurige und die Brettljause schmecken aber auch im aufgelassenen Preßhaus, an dessen Wänden der Schimmel glänzt und davon der typische Geruch nach Gärung und Wein kommt.

Die Schattenseite im Gebirgstal, wo ich zeitweise lebe, ist nur auf einer schmalen Sackgasse oder mit einem Boot vom See aus zu erreichen. „Auf der Au" heißt es hier. In mühevoller Arbeit haben die Vorfahren der jetzigen Bauern die Wiesen dem Wald abgerungen. Doch er reicht immer noch zungenweise bis zum Seeufer und zum Ressen, einem Berg, der nur den Jägern und dem Wild gehört. Er hat keine Wege, keine Quellen, Steilabhänge, und der schmale, über Brücken führende Steig um den See ist im Winter wegen der Lawinen unbegehbar.

Vom 6. Dezember, dem Nikolaustag, bis zu Dreikönig, dem 6. Jänner, fällt kein Sonnenstrahl an mein Fenster. Da wird man sonnenhungrig, läuft ihr nach, wie Verliebte, die sich suchen.

Der Schnee bleibt hier länger liegen als auf der „Sunnseitn". Das Wachstum von Gras und Blumen beginnt später. Die Morgensonne läßt auf sich warten. Aber die Abende im Sommer entschädigen für alles. Da liegen die Häuser und Gehöfte der Sonnenseite schon im violetten Schatten, während auf unserer Seite die Sonne ihr Licht und ihre Wärme bis in den späten Abend wirken läßt, bis die Berge in zarten Rottönen verlöschen. Nun tritt das Blau des Abends in den Konturen der gegenüberliegenden Berge noch stärker hervor. Da möchte ich um keinen Preis mit einem Platz auf der Sonnenseite tauschen.

Auch die Menschen, die hier geboren und großgeworden sind, unterscheiden sich von den Sonnseitlern. Sie sind zurückhaltender, vorsichtiger, überlegen jedes Wort, das sie sagen. „Wo viel Licht, dort auch viel Schatten", das gilt auch umgekehrt. Im Winter, wenn tagelang der Nebel die Berge verhüllt, Schnee und Eis „die Welt nach innen treiben", kommt es schon vor, daß mancher zum Schnaps greift. Selbstmorde geschehen häufiger hier. Natürlich gibt es immer wieder Menschen, die sich benachteiligt fühlen; die eben auf der Schattenseite zu leben haben. Wie es sich aber auch im Schatten von Großen gut leben läßt, hat auch die Schattenseite ihre Vorzüge, vor allem das noch nicht ganz Entdecktwordensein vom Getriebe des Massentourismus.

Judith Thoma

Dorfstraße

Einfaches Stöckelpflaster, dazwischen Gras, hin und wieder eine Löwenzahnblüte, Gänseblümchen. Ein graues Haus mit kleinen Fenstern. Es ist düster, der alte Schuster klopft unermüdlich, Ledergeruch und Pech. Gegenüber das Kaufhaus des jüdischen Kaufmannes Wewerka. Blanke Schaufenster, wo man die geschäftigen Kommis herumeilen sieht. Ein Karren rollt vorbei, die Pferde trotten plump weiter, und ihre Hufe klappern auf dem Steinpflaster. Die alte Trafikantin schlichtet die Hülsen in ihrem kleinen Eckgeschäft. Sie hat einen täglichen Gast, der bei ihr Kaffee trinkt und Kipferl ißt. Anschließend raucht er gemütlich seine Pfeife. Die Fleischhauerin ist blond und gut gebaut. Sie stemmt die Hände in die Hüften und ihr Gesicht strahlt gutmütig und rund Lebensfreude aus. Prächtig bemalt und einladend zum Verweilen das große Tor des Gasthofes „Zum schwarzen Ochsen". Hecken ranken über die Mauer und dichte Kastanienbäume überschirmen den Gastgarten. Am Kirchenplatz steht die Kaiserlinde, umgeben von einem Schmiedeeisengitter und einer Rundbank. Kinder sitzen dort und Alte. Dahinter ragt die Kirche mit ihren wunderbar bemalten Fenstern, worin sich die Sonne spiegelt. Daran schließt sich der Schulhof, mit Kieselsteinen angeschüttet und die Schule, ein einfaches langgestrecktes gelb bemaltes Gebäude. Der Fluß rauscht, Tauben gurren und Spatzen scharren am Straßenrand. Aus dem Gärtchen der Schneiderin gucken Dahlien und Gladiolen. Die bewaldeten Hügel im Hintergrund umsäumen das Dorf und seine Straße, behüten die Häuser und ihre Menschen, besonders, wenn die Abendglocken läuten.

Besatzungszeit

„Die Russen sind in unserem Garten und trinken aus dem Fluß!" Mit dieser Mitteilung lief ich ins Haus zu Mutter. Sie nahm mich zur Seite und gebot mir, die Leute in Ruhe zu lassen und lieber keine Äußerngen zu machen.

Das war mir gar nicht recht. Die Neugierde trieb mich wieder zu diesen so fremd wirkenden Menschen. Ein kleines Mädchen löste sich aus der Gruppe und redete mich in ihrer Sprache an. Ich hielt die Hände am Rücken verschränkt und hätte was darum gegeben, russisch zu können. „Sie kriegen alle Typhus, wenn sie aus dem Fluß trinken", dachte ich immer wieder. Dies hatte mir Mutter nicht einmal gesagt.

Ich betrachtete die Leute, wie sie am Gartendamm zum Fluß hinunter ihr Lagerfeuer machten und kochten. Wie sie hin und her gestikulierten. Einige Zeit später verschwanden sie, wie sie gekommen waren. Miesmutig ging ich zurück in den Garten und legte mich ins Gras. „Ich hätte ihnen sagen sollen, daß das mein Garten ist", dachte ich und kaute an einem Grashalm.

Margarida Voglhuber

Abenteuer einer Schiffsreise

Da standen sie, die gepackten und zugenagelten Seekisten, bereit zum Transport in Richtung Santos, wo unser Schiff wartete. Vor langer Zeit, Mutter erinnerte sich, wurden sie schon einmal über den Ozean verschickt. Damals, als Europa eine einzige große Tragik war und voller Schmerzen, besaßen meine Großeltern und Urgroßeltern die Kraft sich freizumachen, sie wagten das Abenteuer, wie einst Kolumbus, Amerika zu entdecken. Die Körper meiner Vorfahren ruhen in Südamerika, ihre geistige Heimat blieb immer Europa.

Vieles konnte nicht eingepackt werden, mußte zurückbleiben in unserem großen, weißen Haus auf dem Hügel, inmitten der Wälder Brasiliens. Wir alle wollten etwas von dem Glück erhaschen, von jenem wirtschaftlichen Wunder, welches sich im Jahr neunzehnhundertsechsundsechzig in Europa breitmachte. Der Inhalt dieser Kisten war gefüllt mit Hoffnung und Zuversicht. Für uns Kinder war das alles nicht wichtig, für uns zählte nur das Abenteuer, das ferne Land in Europa, das wir kennenlernen sollten. Dort gab es den Schnee, von dem Mutter immer erzählte und den wir nur aus Bildern kannten. Dieses Naturereignis hatten wir hier im Süden nie erlebt. Ebenso die Eiseskälte eines Winters noch die jährliche Schneeschmelze, beides kannten wir nur aus Erzählungen. Die Vorstellung, einen Schneemann mit Kohlenaugen und Möhrennase zu formen, klang sehr verlockend.

War der Abschied schweigsam, traurig oder wehmütig, frage ich mich manchmal heute. Wahrscheinlich war die Vorstellung, den Atlantik zu überqueren, im Mittelpunkt einer dreiwöchigen Schiffsreise zu stehen, spannender, so daß wenig Platz für solche Überlegungen vorhanden war. Abschied ist wohl immer eine Stimmung zwischen einer Fülle von Gefühlen und einer Leere der Gedanken. Hunderte von Menschen versammelten sich auf diesem riesigen Schiff, auf dessen Schornstein ein großes, blaues „C" gemalt war. Man schwor, sich Briefe zu schreiben. Freute sich auf ein Wiedersehen. Nachdem das Schiff zum Abschied ein dreimaliges langanhaltendes Sirenengeheul ausstieß, fuhr es einer unbestimmten Zukunft entgegen. Weit entfernt lag Genua, unser Ziel. Vor uns das weite Meer, hinter uns das verlassene Land. Keine Brücke spannte sich mehr zum Ufer hin. Alle Verwandte und Freunde, die uns zum Abschied winkten, verschwanden, lösten sich im Nebel auf. Wie eine leise, sanfte und eintönige Melodie, schäumte das dunkle Wasser. Im Bullauge rauschte das Spiel der Wellen. Das subjektive sinnliche Erleben einer Dreizehnjährigen war dieser Geruch des Salzwassers, die Geräusche der See und die Aktivitäten, die während dieser Reise geboten wurden. Von morgens bis abends gab es Spiele, Spaß und gutes Essen. Die italienischen Stewards an Bord brachten uns Kindern immer die leckersten Naschereien.

Bis wir die Äquatorlinie überquerten, wärmte uns die Sonne, anschließend sind meine Erinnerungen mit Kälte verbunden. Es war der letzte Abend an Bord, am nächsten Tag, in Genua angekommen, machten wir zum ersten Mal die Bekanntschaft mit eisiger Temperatur. Wir gingen noch einmal hinaus in den kühlen Abend. Die ersten Lichter des neuen Kontinents blinkten in der Ferne auf. Europa. Weiter ging die Fahrt, mit dem Zug durch die Schweiz, überall lag Reif mit einer glitzernden Kruste. Und dann sahen wir die hohen Berge voller Schnee, ein unbekanntes, noch nie erlebtes Schauspiel. Ich glaube, auch die nächste Nacht verbrachten wir im Zug. Wir schliefen wohl, denn beim Erwachen am Morgen öffneten wir eine neue Tür. Die andere wurde geschlossen. Aus den Augen, aus dem Sinn, eine Jugendliche kann verdrängen. Ich ahnte, jetzt begann das andere Leben. Brücken nach rückwärts waren abgebrochen, nach vorwärts waren sie noch nicht gebaut.

Kinder bekommen alles mit, alle Empfindungen, Eindrücke werden eingebrannt und hinterlassen Narben. Unter den Narben befinden sich vergrabene, vergessene, verdrängte Schmerzen. Und manchmal können diese alten Narben aufbrechen, und dann erinnert man sich. Es war eine andere Welt, in der dieses dreizehnjährige Mädchen gestoßen wurde, und es war logisch für sie, daß sie darin bleiben mußte, ja, sich behaupten mußte. Wir waren Fremde in diesem Europa, kein unsichtbares Band verband uns mit den Menschen hier. Die häusliche Enge an kalten Regentagen kannten wir nicht, unser Leben im Süden hatte sich immer in Weite und Freiheit abgespielt. Das galt auch für viele Menschen, die wir in dem kleinen Dorf kennenlernten. Sie waren, wie das Klima, kühl und distanziert und eng im Denken. Die Mitschüler in der Schule fragten im Dialekt: „Kommst du aus dem Urwald? Hast du im Busch gelebt? Bei den Wilden?" Diese Worte, obgleich ohne Nebenabsicht gesprochen, schmerzten uns sehr. Wir, die wohl die Wälder Südamerikas kanten aber ebenso in einer großen Millionenstadt wie São Paulo uns bewegten, fühlten, wie abfällig diese Fragen klangen. Nach unserem verstorbenen Großvater in Brasilien wurde eine Stadt benannt.

Heute kann ich sagen, meine Heimat bin ich selbst, und doch habe ich manche Nacht Heimweh. Nach diesen Empfindungen aus Kindertagen, und ich mache mich auf, auf die Suche nach dem verlorenen Glücksgefühl, nach Erinnerngen an das Sonnenland, wo ich als Kind gespielt, gejagt und gefischt hatte. Dann versuche ich, diese Sehnsucht meines Herzens zum Klingen zu bringen und ich suche nach dieser Melodie, nach dem Rauschen des Meeres, nach diesem weißen Schiff.

Auf ein Kind warten etwa fünfzig Millionen Schritte im Leben. Davon hatten meine Füße einige auf der südlichen Hälfte der Erdkugel getan, die restlichen Schritte suchen immer wieder ferne Länder auf. Einmal mit einem bestimmten Ort dieser Erde eng verbunden gewesen zu sein, wie der Baum mit seinen Wurzeln, dieses Gefühl habe ich nie gekannt. Vieles habe ich vergessen oder es liegt weit hinten vergraben, die Jugendliche mußte lernen. Die fremde Sprache, Weltgeschichte, vieles mehr. Doch jetzt besuche ich manchmal diese Orte meiner Kindheit und stelle mir vor, wie anders meine Lebenslinie verlaufen wäre, hätten wir damals diese Seekisten nicht gepackt.

Leopold Wech

Österreich frei

Nicht die Sonne lacht in deine Wiege,
strömt ein Meer von Tränen aus den Höh'n.
Kummervoll und noch von Angst getrieben,
siehst du uns an deinem Lager steh'n.

Keine mutterlieben, zarten Hände
haben deinen ersten Tag gewiegt,
über Not und Tod und wütend Brände
haben sie mit Wunden obgesiegt.

Keine Blumen banden wir zur Krone,
denn ein Kranz von Dornen quält dein Haupt.
Deiner Treue, deiner Lieb' zum Lohne
jeder heiß an deine Zukunft glaubt.

Singen nicht zum Tanze heit're Weisen,
Hämmer schlagen schweren, rauhen Takt.
Und wenn hohe Kräne knirschend kreisen,
geht die Arbeit schweigend, blank und nackt.

Ja, wir neigen ehrfurchtsvoll die Stirne.
Dank dem Herrn, daß er dich wieder schuf!
Aus den Tälern über mächt'ge Firne
kettensprengend riß sein ehern Ruf.

Hei, von Herz zu Herz springt auf die Flamme!
Wie sie strahlt und leuchtet, lockt und loht!
Knatternd in denWind auf festem Stamme
steigt die alte Fahne rot-weiß-rot.

Fleht die Gnade Gottes auf ihr Zeichen,
pflanzt sie auf der Türme höchsten Knauf!
Dunkles muß dem jungen Morgen weichen.
Freies, schönes Heimatland, glückauf!

Auf! Mit Gottes Segen sollt beginnen!
Stellt euch mutig in die neue Zeit!
Auferstehen und dich selbst gewinnen,
komm du liebes, teures Österreich!

Hörst du die Glocken? Friede! Friede! (Österreich 1945)

Hörst du die Glocken?
Friede! Friede!
Ist es denn möglich, kannst es nicht fassen.
Hast doch schier endlos darum gebangt.
Nun aber stürmt es, rast durch die Gassen,
ach, sel'ge Kunde, innig verlangt!

Hörst du die Glocken?
Friede! Friede!
Steh'n an den Äckern birkene Kreuzlein.
Grünt schon ein Rasen über dem Grab.
Möge die Erde, Bruder, dir leicht sein,
wir seh'n uns wieder, modert der Sarg.

Hörst du die Glocken?
Friede! Friede!
Löset die Trauer, heilet die Wunden,
schmiedet zum Bunde unseren Kreis,
ward doch noch immer kühn überwunden
Mühsal mit Hilfe, Elend durch Fleiß!

Hörst du die Glocken?
Friede! Friede!
Blumen erblühen, prangen und glühen,
zieht schon die Sonne die goldene Bahn.
Über dem Morgen Strahlen, die sprühen,
Hymne Tedeum steigt himmelan.

Hörst du die Glocken?
Friede! Friede!
Heilige Zeit, die Früchte erglänzen,
ewige Kraft, der Tod ist gebannt.
Schwerter umbildet, schafft scharfe Sensen!
Tief ist ertränkt der wütende Brand.

Hörst du die Glocken?
Friede! Friede!
Himmlisches Läuten, Rufen und Mahnen:
Brecht und besiegt die drückende Not!
Aufbruch und Freiheit lodern die Fahnen.
Gütig in Gnaden segnet uns Gott!

Margarete Wemer

Das Bild

Ich war zwar in Wien geboren, wuchs aber bei meinen Großeltern im niederösterreichischen Weinviertel auf. Nirgends hätte es mir besser gehen können und wäre mehr Liebe und Verständnis zu finden gewesen als bei ihnen. Die empfindlichsten Strafen für Dummheiten, die ich beging, waren kurzzeitiger Entzug eines Lieblingsmärchenbuches oder ein Verbot, mit den Nachbarskindern auf der Gasse herumtollen zu dürfen.

Und doch bekam ich zweimal von meinem herzensguten Großvater, der mich als sein einziges Enkelkind über alles liebte, meinen Hintern mit unserem Teppichklopfer versohlt.

Und das kam so. Großvater war in seiner Jugend Matrose bei der Kaiser-Königlichen Handelsmarine. Er war viel herumgekommen und hatte Interessantes erlebt, wovon er Freunden und Verwandten stundenlag erzählen konnte – von Triest, von Miramare, von dem unglücklichen Kaiser Maximilian usw. Der Heimathafen ihres Schiffes war damals die Bucht von Kotor, an ihr lag die südlichste Stadt der österreichisch-ungarischen Monarchie (seit 1918 jugoslawisch), überragt vom 1749 m hohen Lovcen. In Kotor bekamen sie eines Tages Besuch vom Kaiser und seinem Adjutanten, dem Grafen Hoyos. Des Kaisers Leutseligkeit machte großen Eindruck auf die Besatzung. Die Begeisterung der Mannschaft kannte keine Grenzen, als der hohe Herr auch noch jedem die Hand schüttelte.

Als mein Großvater schon eine Ewigkeit nicht mehr bei der Marine war, erzählte er immer noch mit feuchten Augen und schwankender Stimme von diesem für ihn so unvergeßlichen Ereignis. Ich glaube, wenn da einer seiner Zuhörer nicht auch von Rührung ergriffen gewesen wäre, hätte er ihm glatt eine geschmiert und ihn hinausgeworfen. Aber, wenn ich jetzt so überlege, waren meine Großeltern und ihre Verwandten und Bekannten, die „Reinwein" und die „Aichinger", unerschütterliche Monarchisten geblieben. Ich glaube, diese Generation hat zu Beginn der 1. Republik seelisch viel durchzustehen gehabt. Es war für sie die größte Veränderung, die durchgestanden werden mußte.

Eines Tages kam Großvater sehr aufgeräumt und heiter von Wien zurück. Der Grund: er hatte in einem Altwarengeschäft ein Bild vom Kaiser gefunden. Es war ein auf dünnem, gewalztem Kupferblech mit Ölfarben gemaltes Brustbild. Es zeigte den alten Herrn, gütig lächelnd mit dem wunderschönen martialischen Backenbart und den buschigen Brauen, in weißer Galauniform eines Feldmarschalls, seine linke Brust mit 10 Orden geschmückt. Es war ein prächtiges Bild und es gefiel auch Großmutter und mir sehr, obwohl ich mit meinen damals 8 Jahren natürlich nicht verstand, welch große Bedeutung es für meinen Großvater hatte. Das Bild bekam einen Ehrenplatz. Es hatte ein kleines, gestanztes Loch, durch das man eine Schnur ziehen konnte, um es aufzuhängen. Es hatte ungefähr die Größe von 40 x 30 cm. Jedesmal, wenn ein Luftzug durch das Zimmer wehte, schwang es hin und her und knatterte ein wenig.

Großvater zeigte es stolz seinen Freunden, und wenn es von Hand zu Hand weitergereicht wurde, wurde das knatternde Geräusch des dünnen Blechs stärker, und es erinnerte mich lebhaft an einen ganz heftigen, schreckenerregenden Donner eines unheimlichen Gewitters.

Da kam mir eines Tages ein großartiger, jedoch verruchter Einfall. Die Luft war rein. Kein Mensch weit und breit, Großvater war in Wien, Großmutter in der Waschküche. Meine Aufgaben waren gemacht und ich voller Tatendrang. Von der Gasse herein hörte ich das fröhliche Treiben meiner Kumpel. So eine Gelegenheit kam bestimmt nicht so bald wieder. Mit Hilfe des Schemels holte ich mir vorsichtig das Bild von der Wand, preßte es an mich, damit es nicht knatterte und lief auf die Gasse. Nun folgten herrliche Spiele mit furchterregenden nicht endenwollenden Gewittern. Es war nicht vorauszusehen, daß Großvater so früh zurückkommen würde. Plötzlich aber stand er inmitten der Gewitterraserei. Die Freunde waren schnell verschwunden, Ferdl, der den Donner erzeugt hatte, schleuderte in panischer Angst, wie vom Teufel verfolgt, das Bild in die Wiese. Zornbebend packte mich Großvater beim Genick und ließ den Teppichklopfer auf meinem Hintern tanzen. Ich habe jetzt noch in Erinnerung, daß ich keinen Ton von mir gab, wahrscheinlich, weil mir plötzlich klar wurde was ich angestellt hatte und wie böse es von mir war. Als er nach einigen Hieben plötzlich inne hielt, war ich sogar verwundert, denn mein Gerechtigkeitsgefühl gab mir ein, daß diese Strafe für meinen Schurkenstreich eigentlich gar nicht genug gewesen sei. Als Großvater das Bild betrachtete und sah, wie viele Knicker es abbekommen hatte, merkte ich, daß seine Augen voller Tränen waren. Mit einem eigenartig wehen Gefühl – irgendwo unterm Hals, überm Bauch, wahrscheinlich in meinem Herzen – schmerzte es mich, ja es würgte mich, so daß ich anfing zu schluchzen. Vielleicht kam mir zu Bewußtsein, wie sehr ich Großvater gekränkt hatte und was eigentlich das Bild von seinem Kaiser für ihn bedeutete. Nein, weh tun wollte ich ihm nicht. In weitem Bogen umschlich ich ihn die nächsten Tage. Das Schlimmste war, daß, wenn ich mit ihm sprechen wollte, er sich wortlos mit traurigem Gesicht von mir abwandte. Als ich ihn, Großmutters Rat befolgend, um Verzeihung bat, war die Geschichte trotzdem erst halb durchgestanden. Richtig froh wurde ich erst wieder, als Großvater aufhörte, die Knicke, die das Bild durch das brutale Schütteln abgekriegt hatte, zurechtzuhämmern Endlich hing das Bild wieder auf seinem Platz und langsam wuchs Gras über die Geschichte. Jedesmal aber stand ich wie auf glühenden Kohlen, wenn Großvater Bekannten und Freunden das Bild zeigte und von meiner Missetat erzählte. Hatte doch der Kaiser einige Orden eingebüßt, außerdem, was noch viel ärger war, fehlte ihm das vorher sichtbar gewesene Ohr. Was das Letztere betraf war ich aber überzeugt, das Ohr sei durch das viele Zurechtklopfen verlorengegangen.

Noch einmal bekam ich Hiebe, und auch diesmal eigentlich wieder vollkommen berechtigt. Voller Hoffart und Prahlerei zeigte ich jedem, der uns besuchte, unser Grammophon und die Platten, die wir besaßen. Besonders eine hatte es mir angetan, sie hieß: Der Traum eines österreichischen Reservisten. Es ist ein wundervolles, melodisches Stück von Carl Michael Ziehrer. Vögel jubilieren, der Kuckuck ruft, das Bächlein murmelt und die Bäume rauschen, ich konnte es nicht oft genug hören. Meine Aufgeregtheit und Wichtigtuerei vor meinen Freunden waren schuld daran, daß mir die Platte entglitt und zersplitterte. Großvater suchte sie vergebens in den Musikalienhandlungen, er fand sie nirgends mehr, wahrscheinlich war sie von Musikliebhabern so rasch aufgekauft worden. Schließlich brachte er eines Tages die „Rosen aus dem Süden" von Johann Strauß Sohn und Smetanas „Moldau". Neue Freude zog ins Haus. Unzählige Male erklangen diese und all die anderen Melodien, von denen wir Platten besaßen.

Im Jahre 1939, ich war bereits einige Jahre bei der Gemeinde Wien angestellt, schenkte ich meinem Großvater zum 79. Geburtstag einen Volksempfänger, darüber war er sehr glücklich. Das gesprochene Wort konnte er nicht mehr verstehen, aber die Musik machte ihn fröhlich. Eines Tages hörte er tatsächlich noch im Soldatenkonzert den Traum eines österreichischen Reservisten.

Interessantes aus der Zeit Maria Theresias (Die Nadelburg)

Die Kaiserin wurmte es, daß die Haarnadeln ihrer Hofdamen sowie die Uniformknöpfe ihrer Soldaten aus dem Ausland eingeführt werden mußten, so ließ sie in Wr. Neustadt die Nadelburg erbauen, ein Vorläufer verstaatlichter Industrie und sozialen Wohnbaus. Die einst mietzinsfreie Werksiedlung – lauter kleine Doppelhäuser in rechtwinkelig angelegten Straßenzeilen, mit Schindeln gedeckt – sehr imposant. Ein prunkvolles Steintor ist von einem Doppeladler gekrönt. Auch Fingerhüte wurden erzeugt. Sozialgeschichtlich einmalig – zu sehen in Lichtenwörth.

Maria Ziermann

Österreich – alte und neue Heimat

Bist mir alte Heimat gewesen seit meiner Geburt in den zwanziger Jahren; hast mich in den schweren dreißiger Jahren größer werden lassen, doch das große Leid blieb nicht aus.

17jährig erlebte ich den Beginn des für mich Ersten Weltkrieges, der von Jahr zu Jahr schrecklicher wurde und in einem großen Sterben endete.

Ich will nicht von mir allein sprechen, meine durch ein gütiges Geschick überlebenden Landsleute krempelten die Ärmel auf und bauten dich, unsere liebe Heimat, wieder auf.

Schön langsam konnte sich das Volk erholen, und mit großem Fleiß und Hoffnung wurde der Wiederaufbau beendet.

Bis zum heutigen Zeitpunkt vergingen die Jahre in bunter Abfolge, die 50er, die sechziger Jahre, alle brachten Neuerungen, die oftmals gut und andernteils unmöglich waren.

Das Jahr 1989 brachte dann den Fall der Mauer. Nach den großen Freudentänzen wurde es in unserer Heimat von Jahr zu Jahr ganz anders.

Was war doch unsere Heimat für ein schönes, liebliches Land, wo man angstlos leben konnte.

Blättert man heute in den Gazetten oder man sieht fern, kriecht die Angst hoch. Angst um Leib und Leben, Hab und Gut, Angst vor dem Verfall unserer Sprache, Kultur und dem langsamen Sterben der Menschlichkeit sowie Angst vor den Despoten jener Länder, denen es zuzutrauen ist, neben der Atomgefahr unsere für das Gute bestimmte Welt mit einem kleinen Knopfdruck auszulöschen.

Ich schätze meine Heimat mit ihren unverwechselbaren Naturschönheiten, ihren Menschen, die guten Willens sind und bete zu Gott, er möge sich dieser aus den Fugen geratenen Welt inklusive meiner Heimat erbarmen.

Und wieder: „Gott schütze Österreich".

Ursula Zotter

Heiliger Abend 1997

Am Nachmittag des 24. Dezember war ich bei meiner Tochter und Familie eingeladen. Eine Aftereight-Torte zur Jause sollte den Auftakt zum frohen Weihnachtsfest geben.

Danach läutete das Glöckchen, alle gingen wir zur Wohnzimmertür, die jetzt weit offen stand. Ein großer geschmückter Weihnachtsbaum in vollem Glanz strahlte uns an. Bewundernd schauten wir, um dann ein Weihnachtslied anzustimmen. Eine Weihnachtsgeschichte folgte, dann machten wir es uns auf den Sitzmöbeln bequem. Die unter dem Christbaum gelegenen Geschenke wurden verteilt, und jeder hatte jetzt zu tun, die kunstvoll verschnürten Päckchen zu öffnen. Zu bestaunen, zu bejubeln, wenn etwas genau das war: Worauf man gehofft hatte.

So verging die Zeit. Aus der Küche hörten wir das Rumoren der Hausfrau, die bald darauf zum Abendessen rief!

Scholle natur mit jungem Gemüse, Petersilerdäpfeln und grüner Salat. Es schmeckte allen köstlich. Da unterbrach das Telefongeklingel das Geklapper von Messer und Gabel. Einer mußte sich erheben, um den Hörer abzunehmen. Am anderen Ende der Leitung eine liebe Freundin aus Kamenz, die uns allen frohe Festtage wünschte. Danach ein herrlicher Obstsalat rundete unser Festmahl ab. Da läutete schon wieder das Telefon! Meine Tochter nahm den Hörer ab. Nach den Gesprächsfetzen, die wir mitbekamen, war das keine frohe Botschaft. Ich hörte unter anderem meine Tochter sagen: „Nein, das darf doch nicht wahr sein!" Oder „Muß das sein? Na gut ich komme!" Uns ahnte nichts Gutes! Da verkündete sie uns schon: „Ich muß ins Geschäft fahren, die Bewachung hat angerufen, die Alarmsirene heult und läßt sich nicht abstellen. Spontan beschloß ich, meine Tochter zu begleiten, um sie nicht in der Heiligen Nacht allein in das zirka 25 km entfernte Wien zu ihrem Filialgeschäft fahren zu lassen. Meine Enkeltochter schloß sich auch noch an. So waren wir nach einer guten halben Stunde am Ort des Geschehens. Das Auto wurde mit mir in die Parkgarage gestellt. Während Tochter und Enkeltochter der lärmenden, rot blinkenden Anlage entgegen eilten. Alle hofften wir auf eine schnelle Erledigung. „Sicher ist eine der vielen Türen schlecht geschlossen", so meinte noch meine Tochter, „wir sind gleich wieder da"! Nach zwanzig Minuten kamen sie zurück. „Leider, es liegt ein anderer Fehler vor, der Service-Notdienst kommt, ich habe ihn schon verständigt." Ich saß im Auto und wartete und wartete. Ein riesiger fast leerer Raum, in dem ein paar vergessene Autos parkten. Alles lag im Halbdunkel, draußen war es tiefe Nacht geworden, keinen Stern konnte ich am Himmel sehen, es fing sogar leicht zu regnen an.

Gott sei Dank, unser Auto war auf dem besser beleuchteten Damenparkplatz abgestellt. Ich saß da und begann leise Weihnachtslieder vor mich hin zu singen. Auf einmal erblickte ich eine Gestalt auf unser Auto zukommen. Langer dunkler Mantel, Hände in den Manteltaschen, Schlapphut tief ins Gesicht gezogen. Was soll das, dachte ich? Ich griff automatisch zum Zentralverriegler, zog den Schlüssel vom Starter ab. Da beugte sich die Gestalt schon über die Motorhaube und versuchte ins Innere des Autos zu schauen. Ich rührte mich nicht, das Singen war mir vergangen. Da kam er an meine Sitzseite, legte die Hände an die Scheibe und glotzte hinein. In mein Gesicht, das ich ihm zugewandt hatte. Mit aufgerissenen Augen sah ich ihn an! Ein Alptraum! Er versuchte die Tür zu öffnen. In einer Sprache die mir unbekannt war, redete er auf mich ein! Unheimlich sein Reden und Begehren. Mit den Händen deutete ich, er solle gehen! Es half nichts! Mit den Fäusten pumperte er an die Tür und rüttelte, um sie öffnen zu können! Da fiel mir das Handy ein. Schnell griff ich danach und wählte den Polizeinotruf! Auf einmal rannte der Unbekannte davon, in die Finsternis, aus der er gekommen war. Als die Polizei kam, war er längst über alle Berge, aber ich konnte eine Personenbeschreibung abgeben, und die Handspuren und der Fußabdruck, den er vor lauter Zorn an der Tür hinerlassen hatte, waren Beweis genug!

Zirka eine Viertelstunde später kamen meine beiden Damen, erfreut, daß der Servicedienst den Schaden beheben konnte und den Fehler schnell gefunden hatte.

Als ich ihnen meine Begebenheit erzählte, staunten sie nicht schlecht. „Hättest du doch im Geschäft angerufen!" Nein! sagte ich, daß der große Unbekannte vielleicht da auch noch was anstellt.

Beim Heimfahren sagte ich zu beiden: Ich habe in meinem langen Leben schon viele Heiligeabende erlebt; Zum Beispiel im Krieg im Luftschutzkeller mit einem Kerzenstummel in der kalten Hand; Im Feldlazarett, bei schwer verwundeten Soldaten; Auf einer einsamen Landstraße im Ausland, als einfach das Auto nicht mehr weiterwollte und konnte, wie Eis und Schnee stärker waren als der Motor des Wagens;

Aber einen Heiligenabend in einem Parkhaus mit Hindernissen, das war das erstemal.

Fernweh!

Hinter den sieben Gleisen,
gehen meine Gedanken auf Reisen.
Ferne Länder, ferne Welten,
hohe Berge, tiefe Meere,
alles möchte ich gern bereisen!
Bücher, Filme, spannende Reiseberichte
verschlinge ich förmlich!
Alles kann ich mir vorstellen!
Erreichen - Bereisen kann ich
vielleicht einen Bruchteil davon.

Und du mein Freund?
hast mir so viel erzählt
von deinen großen Abenteuern!
Warst du wirklich dort überall?
Und warum bist du nicht in er Ferne geblieben?
Hat dich das Heimweh nach Hause getrieben?

Ein Mensch wird geboren

Das Leben begann an einem launischen Tag im April. Ein heftiger Wind rüttelte an den Fensterscheiben, als der erste Schrei des neuen Erdenbürgers durch den Gebärraum erschallte.

So laut, so kräftig die Stimme, so robust war das ganze Menschlein, was eben geboren worden ist. 3,5 kg schwer und 53 cm groß. Blond, blauäugig, krebsrote Haut, ja, so sah der neue Erdenbürger aus. Nackt und bloß, so ruhte sich das Kind in seiner Mutter Armen aus!

Die Zeit verging, die Kindertage meist froh und heiter, so ging das Erdenleben immer weiter. Bis dann der erste Schultag kam. Die Mutter als Begleitung mit großer Zuckerltüte, so betrat man gespannt, voller Erwartung, den Klassenraum. Einige Kinder waren schon versammelt, die mit dem Lehrer sprachen. Die Namensnennung, ein Händedruck. Beim zweiten Fenster war noch ein Platz frei und sollte von nun an der ihre sein.

Es wurde in der Folge gelesen, gerechnet, geturnt und gesungen. In vielen Tagen und Jahren recht viel Wissen zu erwerben. Manchmal war es recht schwer, trotz Plage und Gegrübel. - Eine schlechte Note, das war ein Übel! Wie bringt man das den Eltern bei? „In dir steckt doch ein Genie!" „Nein so enttäuschen darfst du uns niemals mehr!" So gingen die Jahre dahin! Der Zweite Weltkrieg begann! Ruhe und Frieden waren vorbei! - Der Vater mußte an die Front; und kam erst im Jahre 1948 aus amerikanischer Kriegsgefangenschaft zurück!

Die junge Mutter steckte man, ohne sie zu fragen, in einen Rüstungsbetrieb. Der junge Mensch mußte sein Studium abbrechen; und kam nach kurzer Ausbildung als DRK-Schwester in ein Feldlazarett!

Dort lernte die junge Krankenschwester ihren zukünftigen Mann kennen. Heiratete bald nach Kriegsschluß und zog in seine, des Mannes Heimatland, Österreich, nach Wien.

Bald stellte sich Nachwuchs ein, eine Tochter, ein Sohn. Nun waren sie eine richtige Familie.

Inzwischen sind wieder viele Jahre ins Land gezogen. Tochter und Sohn wurden brave und tüchtige Menschen, erfolgreich im Beruf! Auch sie heirateten und haben selbst fast erwachsene Kinder.

Nachdem der Mann, Vater, Großvater verstorben war, zog die Witwe aufs Land, wo sie derzeit lebt; und hofft einen schönen Lebensabend zu verbringen.

Erinnerungen an Kindertage in der Heimat Forst-Lausitz - die zwei Putzmacherinnen

In der Cottbuser Straße war die Zerstörung durch den 2. Weltkrieg besonders arg. Auch das dreistöckige Haus der zwei Schwestern, welches sie von ihren Eltern nach dessen Tode geerbt hatten, war darunter. Beide waren unverheiratet, deshalb wurden sie auch oft die Jungfern genannt. Sie bewohnten die eine Hälfte des ersten Stockes. An der Wohnungstür war ein schön verziertes Messingschild angebracht, worauf das Wort „Modellhüte" stand. Meine Eltern bewohnten eine Wohnung im letzten Stock. Ich war ein Mädchen von zirka acht Jahren, als ich näheren Kontakt zu unseren Wirtinnen (so nannte man Hausvermieter) bekam. Bis dahin grüßte ich nur höflich, sah ich eine oder die andere von den Damen. Zu Ostern, aber auch zu Weihnachten, zum Geburtstag schickten sie mir ein kleines Geschenk. Wenn sie mich sahen, bekam ich es selbst überreicht. Dann machte ich einen tiefen Knicks, sagte ein freundliches Dankeschön. Noch nie aber hatte ich ihre Wohnung betreten dürfen. Nur mein Vater, der den Mietzins jeden Monat pünktlich bezahlen ging. Dafür war ein eigenes Heft vorgesehen, etwa einem heutigen Schulheft gleich. Auf dem Umschlag stand das Wort „Miete". Jahr, Monat und Datum waren angegeben und der bezahlte Betrag wurde durch Unterschrift bestätigt. Mein Vater erzählte meiner Mutter und mir von den schönen, großen Zimmern, die mit antiken Möbeln eingerichtet waren. Von den schönen Polstermöbeln und dem davorstehenden wunderschönen großen, ovalen Eichentisch, der es meinem Vater besonders angetan hatte. Weiter sprach er von der handgearbeiteten Spitzendecke darauf und einigen Glasständern, auf denen Hüte aufgesetzt waren. Ich hörte immer gespannt zu, träumte noch einiges dazu und wäre so schrecklich gern mal mitgegangen beim Mietezahlen.

Das Monatsende rückte näher, meine Mutter holte das Mietheft aus der Lade, Vater legte einen besseren Überrock an und nahm das Mietheft mit dem Geld. Beim Verlassen unserer Wohnung fiel ihm eine Banknote herunter, was er nicht bemerkte. Das war für mich der Moment! Meine große Chance, die Wohnung der zwei Damen zu betreten. Auch Mutter hatte von dem Verlust nichts bemerkt, so wandte ich mich an Mutter und sagte: „Der Vater hat Geld verloren, ich bringe es ihm nach!" Ohne Antwort abzuwarten sprang ich die zwei Treppen hinunter, sah, als ich die letzten Stufen erreicht hatte, meinen Vater die Türe schließen. Fein, dachte ich mir, jetzt kann ich an der Drehklingel drehen, denn es gab zur damaligen Zeit in diesem Haus noch kein elektrisches Licht, nur Gasbeleuchtung. Also drehte ich an der Klingel, worauf geöffnet wurde und die ältere der beiden Damen stand vor mir und fragte verwundert nach meinem Begehr. Mein Vater sah mich auch erstaunt an, als ich bei der Tür hereinkam. Aber ehe er noch etwas sagen konnte, hielt ich ihm den Geldschein hin, den er verloren hatte. Meine Aufgabe war eigentlich beendet, aber ich blieb wie angewurzelt neben meinem Vater stehen und wich nicht von der Seite, bis der Mietbetrag bezahlt, in das Heft eingetragen war und mit einem freundlichen Gruß wir uns verabschieden wollten. Da öffnete sich die schwere Samtbordüre zum Nebenraum, und heraus trat die jüngere Schwester. Sie grüßte freundlich meinen Vater und mich, freute sich, begann mit Vater und mir zu sprechen. Sie fragte nach meinem Alter, der Schule, den

Noten und Lehrern. Ich gab bereitwillig Antwort. So geschah es, daß ich immer wieder einen Blick abschweifen ließ, um die Hüte anzusehen. An diesem Tag standen auch zwei in der einen Fensternische, einer auf der Konsole vor einem großen venezianischen Spiegel, der zwischen den beiden Fenstern in einem großen, breiten Rahmen angebracht war. Na dieser Hut war ein Traum, aus Tüll und Schleier in meiner Lieblingsfarbe Sonnengelb. Immer wieder und wieder blickte ich ihn an. Bis endlich die jüngere der Hausherrinnen zu mir sagte: „Ursula, dir gefällt wohl dieser Hut?" Ich errötete, man hatte meine Unaufmerksamkeit beim Gespräch bemerkt. Natürlich leugnete ich es nicht. Vater war ungehalten und drängte zum Gehen. Aber die beiden Damen sagten bei der Verabschiedung zu mir, ich dürfte sie mal besuchen.

Mutter war nicht wenig überrascht über die Erzählung von Vater und mir. Galten doch die Damen als sehr konservativ. Sie erwiderten für gewöhnlich nur den Gruß ihrer Mieter und ein paar wenige belanglose Worte. Von nun an wartete ich jeden Tag, daß ich eingeladen würde. Wenn ich bei der Wohnungstür im ersten Stock vorbeiging, blieb ich öfters einen Moment stehen, in der Hoffnung die Tür ginge auf. Aber leider, es geschah nichts. Ich war traurig. Ich fragte Mutter, ob Erwachsene Versprechen vergessen? Mutter meinte, es gibt mehr zum Denken als auf kleine Mädchen. Die Osterferien kamen und mit ihnen auch mein Geburtstag. Er fiel diesmal auf den ersten Osterfeiertag. Am Morgen beim Ostereiersuchen in unserer Wohnung fand ich unter anderem ein kleines geflochtenes Körbchen mit Schokoladeeiern und einen winzigen kleinen Hasen in der Mitte. Der hatte einen kleinen Briefumschlag in den Pfoten. Ich öffnete, traute meinen Augen nicht, da war eine Einladung zu unseren beiden Hauswirtinnen, für den Tag nach Ostern, am Nachmittag um 16 Uhr. Ich fieberte dem Tag entgegen. Mutter ließ mich mein Sonntagskleid anziehen, drückte mir einen Veilchenstrauß in die Hand, ein Taschentuch in den Ärmel und mit vielen Ermahnungen, mich gut zu benehmen, nicht vorlaut zu sein, spätestens nach einer Stunde, nach vielen Danksagungen, wieder in unserer Wohnung zu erscheinen. Ich ging, nein, ich flog die Treppen hinunter, drehte die Glocke, worauf auch bald geöffnet wurde. Beide Damen empfingen mich sehr freundlich. Ich überreichte meine Blumen und bedankte mich für die Einladung. Sie ihrerseits waren über die Blumen und mein Kommen auch erfreut. Begleiteten mich durch den Bordürenvorhang in den ziemlich dunklen, für mich geheimnisvollen Raum. Danach betraten wir ein großes, geräumiges Wohnzimmer, wieder mit sehr schönen Möbeln. Später sagte man mir, es seien Biedermeiermöbel. Auf dem Tisch ein fünfflammiger Kerzenleuchter mit hellblauen Wachskerzen, feines Porzellangeschirr mit Blümchenmuster, in der Mitte ein großer Teller mit den herrlichsten Kuchenstücken. Ich durfte zwischen den beiden Damen auf einem gepolsterten Sessel sitzen. Die Ältere legte mir ein Stück Streuselkuchen auf den Teller, während die Jüngere die große bauchige Kanne von der Wärmemütze befreite und mir duftende Schokolade in meine Tasse füllte. Ich flüsterte mein Dankeschön, wartete brav, bis auch meine beiden Gastgeberinnen sich bedient hatten und mich aufforderten zuzulangen. Es schmeckte köstlich. Jedoch dank der Ermahnungen meiner Mutter, nicht mit vollem Munde zu sprechen, gerade zu sitzen, nicht zu große Stücke in den Munde zu stopfen und hatte ich auf so viel achtzugeben, daß ich nur sehr einsilbig auf das mühsam beginnende Gespräch antworten konnte.

Außerdem schmeckte alles so köstlich, die fremde Umgebung, das alles hielt mich von meinem sonstigen Redefluß ab. Außerdem lag bereits das dritte Stück Kuchen auf meinem Teller, in Form eines Mohrenkopfes, das ist eine Mehlspeise, innen mit Creme gefüllt und außen Schokoladeglasur, als Leckerbissen noch einen Löffel Schlagobers. Mutter sagte doch, ich sollte nicht so viel essen! Es sei unschön und schlecht könnte mir auch werden. Aber diesen Vorsatz hatte ich vergessen, angesichts der vielen Köstlichkeiten! Meine beiden Gastgeberinnen hatten schließlich auch schon ihr zweites Stück! Aber einmal ist die beste Jause zu Ende! Es wurde das Geschirr auf den Servierwagen gestellt, die Kerzen gelöscht und man forderte mich auf, in der Polsterecke am Fenster Platz zu nehmen. Am Tisch meine Blumen und ein Silberkörbchen mit Konfektstücken. Nun wurde geplaudert. Mein Redefluß war nicht zum Bremsen. Alle guten Vorsätze waren vergessen. Die zwei Damen waren aber auch so nett. Lächelten öfter und hörten mir aufmerksam zu. So ging das Gespräch über Schule, Spielen, da besonders erzählte ich von meinen Puppen, wie gern ich mit ihnen spiele, sie gern umziehen würde. Mutter nähte und strickte und häkelte dazu immer wieder neue Sachen, ab und an mal eine Haube oder Mütze, für die eine oder andere Kleidung der Puppen, aber leider keinen Hut. Sie meinte, das könnte sie nicht. So kleine Hüte könnte man auch gar nicht machen. Auch das Material wäre schwierig zu beschaffen. Da horchten meine beiden Gastgeberinnen auf. Sie forderten mich auf, in den Raum zu kommen, den wir vorher durchschritten hatten. Zündeten die Gasbeleuchtung an, und nun sah ich einen Arbeitsraum vor mir mit vielen Dingen, sagen wir Werkzeugen, die mir fremd waren. Aber an der einen Wand stand ein großer Glaskasten mit vielen kleinen Glasfläschchen. Da lagen doch, ich konnte es nicht glauben, lauter kleine Miniaturhüte. Mir blieb vor Staunen der Mund offen. Jetzt war das Erzählen bei den Gastgebern.

So erfuhr ich, daß von jedem Hut, der verkauft wird, es sind ja lauter Einzelstücke, vorher ein kleiner angefertigt wird, der dann seinen Platz in der Vitrine findet und den Namen der Kundin auf der Innenseite vermerkt bekommt. Denn wie ich weiter erfuhr, waren die Kunden alles Damen der sogenannten besseren Gesellschaft. Auch adlige Kundschaft wurde genannt, mit ehrerbietigem Unterton. Ich war baff! Außer ah und oh und wie wunderschön, brachte ich vorerst nichts hervor! Dafür wurden meine Damen immer redseliger! Mal nahmen sie einen kleinen Florentinerhut heraus, der aus Stroh, bunten Bändern, Sommerblumen aus Seide waren darauf befestigt. Dann wieder einen kleinen flotten Filzhut oder einen Traum aus Tüll. Es gab so viel zu bewundern, daß meine Zeit längst überschritten war. Als ich verstohlen zu meiner Armbanduhr blickte, meine erste, die ich ja zu Ostern bekommen hatte, sowie auch gleichzeitig zu meinem Geburtstag, der auch auf Ostern fiel, in einem großen Papposterei versteckt, unter sehr vielen kleinen Zuckerlostereiern, bekam ich einen Schreck! Mutter sagte höchstens eine Stunde, und nun war die Zeit um ein vieles überschritten. Wie sollte ich mich verhalten, das war jetzt schwierig. Alles interessierte mich, aber ich sollte doch gehen! Da kam mir der Zufall zu Hilfe. Es läutete das Telefon; ein Monstrum war da an der Wand des Arbeitszimmers befestigt, mit einer Sprechmuschel, sowie einer Kurbel, und das Ohr gab man in ein Hörrohr. Es hatten erst wenige Leute zu dieser Zeit Telefon. Die anderen gingen zur Post, mußten sie mal telefonieren. Aber das war selten. Man schrieb Briefe, die man zur Post brachte oder durch Boten zustellen ließ. Während die ältere der Damen sich am Telefon zu schaffen machte, führte mich die andere in den Salon. Nun entschuldigte ich mich, daß ich so lange geblieben war und bedankte mich höflich mit Grüßen an die Schwester! Doch wie war ich überrascht, als ich hörte, ich dürfte bald wieder kommen. Auch sollte ich eine Puppe mitbringen. Wann darf ich kommen, fragte ich? Nun, am besten paßt es uns am Wochenende. Läute einfach im Laufe des Vormittags bei uns an und wir sagen dir dann, wann du wieder kommen kannst. Ich strahlte sie an, bedankte mich viele Male und huschte zur geöffneten Tür hinaus. Nahm zwei Stufen auf einmal, um schnell oben bei Mutter zu sein. Mutter hatte mich ungeduldig erwartet. Ich ließ sie gar nicht zu Wort kommen, es sprudelte nur alles so aus mir heraus, bis endlich alles erzählt war. Vater, der inzwischen von der Arbeit gekommen, mußte auf sein Essen warten, beide hörten mir erstaunt zu. Denn die Eltern hatten ja sonst keinen Kontakt zu den Hausbesitzerinnen, nur eben gerade beim Mietezahlen oder bei Begegnungen auf dem Gang, Hof oder Straße. Dort wurde nur höflich und ehrerbietig gegrüßt und jeder ging seiner Wege. Bald war ich die Sensation im Haus! Natürlich auch bei meinen vielen Freundinnen und Freunden. Letztere waren zwar weniger neugierig, aber die Mädchen! Immer und immer wieder mußte ich meine Begebenheiten erzählen. Alle hätten so schrecklich gern die vielen kleinen Hüte gesehen, von denen ich immer wieder erzählen mußte. Wie gern wollten sie das auch alles sehen.

Nach Tagen drängte ich meine Mutter, doch mal läuten gehen zu können! Aber sie meinte, ich sollte nicht übertreiben, eine gewisse Zeit verstreichen lassen, so ein oder zwei Wochen. Ach, war das lange!

Der Zufall wollte es, beim Bäcker traf ich die jüngere der beiden Damen. Höflich grüßte ich, machte einen Knicks, fragte nach dem werten Befinden. Überrascht, aber nett gab man mir ein Dankeschön zurück: „Na, und wann sehen wir uns mal wieder, Ursula?" Ich lief bis unter die Haarwurzeln rot an vor lauter Freude! „Ja, wann darf ich denn kommen?" Nach kurzem Überlegen meinte sie, wenn deine Eltern nichts vorhaben, kannst du am kommenden Sonnabendnachmittag, sagen wir wieder um vier Uhr, kommen. Bringe eine oder zwei Puppen mit. Ich hätte meine liebe Dame am liebsten vor Glück auf der Stelle umarmt! Ich strahlte sie an, ein Danke folgte. So schnell meine Füße laufen konnten, war ich bei Mutter, um ihr die Neuigkeit mitzuteilen. Mutter meinte ganz nüchtern: „Wir sind Sonnabend im Garten!" Wir hatten einen Schrebergarten in einer Gartenkolonie hinter dem Friedhof. Traurig senkte ich den Kopf, zwei dicke Tränen ließen sich nicht zurückdrängen. Na, na sagte Mutter, es wird schon mal klappen!

Wieder Glück gehabt, am Sonnabend regnete es, wir gingen nicht in den Garten. Dafür ich, mit einer weißen gestärkten Spitzenschürze über Rock und Bluse angetan, einer weißen Masche im Haar, zwei Puppen, Mäxchen, ein allerliebster Zelluloidjunge, und Erna, eine große Porzellanpuppe, unterm Arm, läutete ich um Punkt vier an der Tür meiner Gastgeber. Freundliche Begrüßung, Bewunderung meiner Puppen, meines großen Propellers im Haar, den ich eigentlich gar nicht mochte, aber es war zu dieser Zeit Mode, und Mutter wollte scheinbar ihre Tochter besonders herausputzen.

Wieder gab es eine Jause, diesmal Buttersemmeln und Kakao. Danach gingen wir in die Werkstätte, die Puppen natürlich mit. Alle nahmen wir am großen Werktisch Platz. Stoffreste, Bänder, Stroh, Satin, Filz, alles Reste, kamen zum Vorschein. Nadel, Faden Fingerhut. Ich wurde in die Kunst des Hütemachens eingeschult! In Handarbeit war ich in der Schule eine gute Schülerin, so war ich begeistert bei der Sache! Beide waren geduldige Lehrmeisterinnen. Jedes Detail wurde genau erklärt. Der Kopfumfang gemessen, das Material ausgesucht, schon ging es ans Schaffen! Mit Hilfe der Jüngeren hatte meine Erna bald einen tollen Strohhut auf. Passend zu ihrem Kleid, mit rosa Bändern geschmückt. Inzwischen hatte die ältere der Schwestern meinem Max, der einen Matrosenanzug anhatte, eine Matrosenmütze verpaßt! Der sah vielleicht toll aus!!! Ich jubelte und strahlte vor Freude!

Mit vielen Dankesworten und dem Versprechen, ich dürfte bald wieder kommen, einem Päckchen mit verschiedenen Stoffresten, verabschiedete ich mich kurz vor dem Abendessen und rannte nach oben zu meinen Eltern. Die staunten, als sie die Kunstwerke sahen.

Der Sonntag brachte Sonnenschein, nachmittags beim Spaziergang, der Ausflug ging in den Forstner Rosengarten, führte ich Mäxchen und Erna im offenen Puppenwagen stolz spazieren.

Meine ungleiche Freundschaft hielt bis zu unserer Übersiedlung in die Heinrich-Werner-Straße. Viel hatte ich gelernt, gesehen und erfahren können. Heute, über sechzig Jahre später, denke ich manchmal daran zurück. Auch an viele ander Begebenheiten. Leider hat der Krieg sehr viel zerstört und Leid gebracht.

Doch nun habe ich mich entschlossen, einiges aus der Vorkriegszeit aufzuschreiben. Viele werden es als naiv empfinden, doch für mich sind es viele liebe Jugenderinnerungen, die mir das Leben nicht wieder nehmen kann.